Lorenzo Silva
El lejano país de los estanques

Lorenzo
Silva

El lejano país de los estanques

Ediciones Destino
Colección
Áncora y Delfín
Volumen 812

Ilustración de cubierta: Javier Martín Arrillaga

Enric Granados, 84. 08009 Barcelona
Primera edición: marzo 1998
ISBN: 84-233-2991-7
Depósito legal: B. 11.535-1998
Impreso por Romanyà Valls, S.A.
Verdaguer, 1. Capellades (Barcelona)
Impreso en España - Printed in Spain

Para Jacinta y Carlos, bajo cuya hospitalidad se gestó este libro

Et esta es piedra que quebranta todas las otras, foradando las o taiando, et ninguna otra non puede tomar en ella. Et aun faz mas esta piedra, que si con ella traen las otras, muele las todas; pero hay una natura de plomo, aque dizen en arauigo açrob et en latin estanno, que quebranta esta manera de piedras desta guisa; que embueluen el estanno en derredor de la piedra el dan con el martiello; quiebra luego, et desque la quebrada, si fizieren mortero et maiadero deste plomo, pueden la y moler et fazer della poluos.

ALFONSO X, *Lapidario*.

Capítulo 1
UNA MUJER SUSPENDIDA

Perelló aspiró fuerte a través del pañuelo y sentenció:

—Vaya par de peras.

—Si usted lo dice, mi brigada —admitió Satrústegui, con disciplina pero sin énfasis, respirando cautelosamente a través de su pañuelo para que no le llegara demasiado el hedor.

—Coño, Satrústegui, encima de ser vasco tienes gaseosa en las venas. No sé cómo ni quiénes te admitieron en el Cuerpo.

—Reconozca, mi brigada, que la chica no está en su mejor momento.

—Eso es lo fuerte, Satrústegui. Imagínala en la playa, cuando se las estaba tostando. Uf.

—Si imaginación no me falta. No vaya a creerse que en todo Amurrio hubo otro chaval al que le diera por hacerse *txakurra.*

—De todas maneras, Satrústegui, y volviendo al asunto. Ya soñaba yo encontrarme un cuerpazo así alguna vez. Treinta años de servicio. Si tarda un poco más me pilla jubilado.

Satrústegui meneó la cabeza.

—Está muerta, mi brigada. Y mire cómo la han dejado. Es una putada. No sé cómo tiene estómago para pensar en eso.

—Todos nos morimos, Satrústegui. Hay que buscarle alicientes a la vida.

Cada uno a su modo, ambos tenían razón. La mujer estaba colgada por las muñecas, completamente desnuda. Habían pasado la cuerda por encima de uno de los travesaños que servían de decoración falsamente rústica al salón del chalet y habían debido izar el cuerpo antes de atar el cabo de la cuerda al pomo de una de las puertas. La punta de los pies estaba a unos cuarenta centímetros del suelo. Tenía un tiro en el cuello y otro en el cráneo, un poco por encima de la sien izquierda. No habían sido disparados a bocajarro y no había excesiva sangre. A primera vista no se advertía ninguna otra señal de violencia, aunque la piel de las muñecas estaba ligeramente desgarrada. El cuerpo había adquirido un tono amarillento, pero mantenía la mínima tersura necesaria para que Perelló pudiera ponderar sin escrúpulo el atractivo físico de la víctima. El forense había de certificar, a la mañana siguiente, que la muerte le había sobrevenido un día y medio antes del hallazgo del cadáver. Los vecinos habían dado el aviso no por la falta de señales de vida en la casa, algo que cualquiera está acostumbrado a experimentar en un chalet al lado del mar que se alquila para la temporada, sino por el olor. A escasos metros del cadáver resultaba verdaderamente nauseabundo. Estaban en agosto y en la cala la humedad era intensa y persistente.

—¿Qué opina del arma, mi brigada?

Perelló observó de cerca los dos balazos. Se rascó la frente y decidió:

—No caben muchas dudas, incluso para un guardia de pueblo como yo. Se lo hicieron con un 22. Y juraría que era un revólver. Luego vendrá un tipo y escribirá lo mismo después de darle al microscopio durante unos minutos. Lo que yo diga es una apuesta, pero lo que él firme será una prueba. Por eso yo estoy en este puñetero pueblo y él vendrá de Palma o de Madrid.

—Lo del calibre parece bastante probable. ¿Por qué un revólver?

—Podría ser un rifle, pero es más difícil de llevar encima y la bala habría entrado con más fuerza. Por no hablar de otros destrozos, en el cuello habría orificio de salida, casi con toda seguridad. Podría ser una pistola de tiro olímpico, pero es un arma menos frecuente. Por aquí paran muchos extranjeros. Hay países en el extranjero en los que un revólver del 22 se vende en el supermercado. Al lado de las sopas de sobre.

—Así que tenemos incluso un posible perfil del sospechoso. Cualquiera diría que hemos aprovechado los diez minutos que llevamos de investigación, mi brigada.

—No te entusiasmes, Satrústegui. En los diez minutos más que nos quedan de investigación no daremos con el asesino. Dentro de nada llegarán el juez y el resto, con las fotos, el equipo de recoger huellas y las narices arrugadas. Entonces nos pondrán en la puerta para mantener a raya a los curiosos. Mejor aprovecha el rato para disfrutar del paisaje, mientras nos lo dejan. Ya vendrán otros a hacer justicia.

—De verdad que no entiendo cómo puede disfrutar de esto, mi brigada.

—Cuando tengas una panza como la mía se te revolverá menos el estómago, Satrústegui. Es una cuestión de holgura, supongo.

Un cuarto de hora después llegaba la juez. Era una mujer de unos veintinueve años, blanquecina y pecosa. Precediéndola, casi se diría que protegiéndola, avanzaba, enérgico y desembarazado como de costumbre, el capitán Estrada. No le sacaría más de dos o tres años a la juez y era notorio que se creía en buena situación para acceder a sus favores. Perelló consideraba más codiciable su sueldo que a la juez en sí, algo canija para su gusto. Pero el capitán, ya fuera por fingimiento o por convicción, se cuidaba de transparentar el menor reparo. Ella se dejaba hacer, no sin una cierta displicencia hacia las maneras demasiado desenvueltas de Estrada.

—A sus órdenes, mi capitán —tronó Perelló desde la entrada del chalet.

—Buenos días, brigada. Por favor, ordene al número que mantenga retirados a los curiosos.

—Satrústegui, ya lo has oído.

—A sus órdenes, mi brigada —acató Satrústegui con resignación.

—¿Cómo está la víctima? —preguntó el capitán.

—Bien muerta —aseveró Perelló, lacónico.

—No me joda, brigada. Disculpe, Señoría —se excusó al instante Estrada, sonriendo, y cambiando de cara y de interlocutor inquirió—: Me refiero a si el cuerpo se encuentra en muy mal estado.

Perelló suspiró y se encogió de hombros.

—Depende de lo que usted entienda por eso, mi capitán.

Estrada se rindió:

—¿Vamos allá, Señoría?

—A eso hemos venido, si no tiene inconveniente —gruñó la juez. Estrada carraspeó y se ruborizó en medio de otra de sus forzadas risitas. A la juez la fastidiaba que el capitán la tutelase como si fuese una párvula, cuando allí, de acuerdo con las leyes, era ella quien mandaba. Pero no podía ocultar el nerviosismo. Era su primera asesinada y temblaba de forma ostensible.

Perelló los guió hasta la habitación. Con el mismo sentimiento con que habría señalado un jamón colgado en una despensa, o quizá con algo menos, les señaló el cadáver.

—Ahí lo tienen.

La juez fue corriendo a un rincón y vació en un santiamén el almuerzo, desde el café hasta los aperitivos.

—Dios santo, qué peste —se quejó Estrada con algún propósito confuso o erróneo. Dejó que la juez se desahogara sin atreverse a intervenir y sólo cuando ella se incorporó con el pañuelo en la boca se acercó a socorrerla.

—¿Se encuentra bien?

—En la gloria —murmuró para sí Perelló.
—Discúlpenme —musitó la juez—. Es terrible.
—¿No quiere tomar un poco el aire?
—No se preocupe, capitán. Me sobrepondré.

La juez se acercó al cadáver. Como estaba demasiado pálida para sonrojarse ante el abrupto espectáculo de muerte y desnudez, le dio por descomponer el gesto hasta convertirlo en una mueca de incierto significado. Examinó los dos orificios, sin lograr aparentemente enterarse de nada, dedicó un apremiado vistazo a las partes pudendas que había elogiado Perelló y cuando se detuvo en el vientre una arcada la arrebató de nuevo en dirección al rincón vomitorio, donde se alivió esta vez de lo que le quedaba del desayuno y de la cena de la noche precedente.

Estrada lanzó una inquieta mirada a Perelló, sobre cuya faz de buda inexpugnable resbaló sin hacer ninguna mella. Mientras tanto, la voz de la juez se quebraba en la violencia de su descarga. El capitán estaba amarillo, y no le faltaba justificación. Ante el efecto combinado del aroma de la muerta y la fragancia que poco a poco comenzaba a llegar desde la papilla grumosa que la viva seguía expeliendo, sólo un estómago como el del brigada podía permanecer impasible.

Cuando ya no quedaba nada, la juez se limpió la boca y se aproximó vacilante al capitán. Ahora rehuía cuidadosamente la visión del cadáver.

—Capitán —dijo con dificultad, y bastante azorada—, que no entre nadie hasta que vengan el secretario y el forense. Tan pronto como acaben ellos, la quitan de ahí, la descuelgan y se la llevan.
—Como disponga, Señoría.
—Ahora sí me voy a tomar el aire.
—¿La acompaño?
—Preferiría estar sola un momento, si no le parece mal.
—Naturalmente —se retrajo Estrada.

La juez salió y dejó al capitán con una inclinación a medias y a Perelló en posición de descanso, la mano izquierda sujetando los dedos de la derecha a partir de la penúltima falange. El capitán se rehízo con rapidez:

—Ya lo ha oído, brigada.

—¿Qué, mi capitán? —indagó Perelló, soltándose la mano.

—Que no entre nadie.

—Desde luego. Voy afuera con Satrústegui, si da su permiso.

Estrada no contestó. Tampoco sabía qué hacer. No podía ir tras la juez y no le apetecía quedarse allí, peleando con sus náuseas. Perelló, a quien no le habían prohibido cambiar de ambiente, insistió:

—Mi capitán.

—Vaya usted.

Estrada estuvo solo con la muerta durante un cuarto de hora, que fue lo que tardó en venir el forense, en el mismo coche que el secretario del juzgado. Ambos vivían en la misma urbanización, tenían la misma edad, cincuenta y tantos, y se llamaban Coll. Eran primos hermanos.

—La sangre se ha acumulado parcialmente en la parte dorsal. Desde luego, no murió colgada —aventuró el forense al cabo de un minuto de observación. Junto a él estaban Estrada y el secretario. Un poco más atrás, mirando muy abnegadamente, estaba la juez. Más allá, Perelló, quien en ese instante pensó que no hacía falta tanto viaje para descartar que hubieran estado tirando al blanco sobre una mujer suspendida de una cuerda. Pero el forense formuló a renglón seguido una conclusión importante:

—Es más: tardaron al menos un par de horas en colgarla después de su muerte. Saque fotografías, por favor.

La orden iba destinada a Perelló, a quien Estrada había pedido que trajera la cámara del coche patrulla. Habían dado aviso a Palma pero aún debía faltar una media hora para que llegaran y el capitán se esforzaba por retirar cuanto antes el cadáver, según los deseos de la juez. El brigada asumió de mala gana aquella tarea que había previsto antes que le correspondería a algún policía científico. Por supuesto que había fotografiado cadáveres antes, pero desde hacía diez años no fotografiaba más que los que dejaban los accidentes de tráfico. Aun así, lo hizo como mejor pudo y supo. Gastó un carrete entero y retrató no sólo el cadáver, sino también los puntos donde había sido atada la cuerda.

Después de las fotos, el forense Coll se detuvo a efectuar algunas comprobaciones sobre las ligaduras de las muñecas y la postura de brazos y piernas, que tradujo en un par de comentarios rutinarios para llenar el acta. Tras ello, se encogió de hombros y dijo:

—Sin un bisturí y sin mancharme esto es todo por ahora.

El secretario Coll, con los ojos puestos no en la juez sino en el punto más inconveniente de aquel cuerpo exánime, y con la subordinación cachazuda y despectiva que había perfeccionado a lo largo de sus más de treinta años de servicio, preguntó:

—¿Quiere que anotemos algo más, Señoría? Quiero decir que si va a hacer usted alguna inspección adicional sobre la occisa.

—Describa la situación del cadáver en la habitación, ponga la hora final y recoja las firmas —repuso la juez, con la frialdad que le daba haber echado todo lo que podía echar y la aversión que sentía por el secretario. Seguía observando a la muerta, ahora, como si fuera el péndulo de un hipnotizador.

Cuando todos los trámites estuvieron concluidos, la juez extendió la mano y el secretario le dio el acta junto con la carpeta en que se apoyaba para escribir. La juez dibujó deprisa su nombre con una caligrafía bastante redonda y trazó debajo una rayita. Acto seguido consultó:

—¿Ha venido ya la ambulancia?

Perelló fue a ver. Regresó con la noticia de que, en efecto, la ambulancia esperaba en la puerta.

—Que se la lleven —ordenó la juez, con una oscura rabia que el capitán no entendió, los Coll soslayaron y el brigada atribuyó sin mayor cavilación a una especie de ofendida dignidad de sexo. Una dignidad que había sido pisoteada, presumiblemente por un hombre, en la carne de aquella infortunada, y que era humillada ahora por la contemplación irreverente de otros hombres que además se permitían el lujo de hacerla de menos a ella, la máxima responsable de la Administración de Justicia en aquel trance.

He de precisar que esto último Perelló me lo contó de forma algo más vaga que lo anterior, pero creo que no traiciono el sentido de sus palabras.

Para el brigada el asunto terminó más o menos veinte minutos después, cuando llegaron los de Palma con el comandante al frente. Entonces se cumplió al fin su pronóstico y fue estratégicamente situado en la valla del chalet junto a Satrústegui y otros cuatro de sus siete subordinados. Mientras esperaban al forense habían venido los dos que andaban patrullando cerca de la playa y hacía un par de minutos los dos que estaban libres en la casa-cuartel. Los dos restantes habían quedado en el puesto de retén. Ante el chalet había unas cuarenta o cincuenta personas, niños en su mayoría. Uno de los dos recién llegados, un guardia sonrosado de unos veintitrés años, exclamaba:

—Una tía desnuda con un par de balazos. Como en Los Ángeles. Qué pasada para este muermo de sitio.

—Cállate de una vez, Barreiro —bramó Perelló—, y agarra a ese niño. A ver cuándo te enteras de que eso verde que te han dejado que te pongas encima es un uniforme de verdad, gilipollas.

Y en voz más baja, mascculló para sí y en parte para Satrústegui:

—Mejor me habría venido que ése se hubiera hecho narcotraficante, como todos sus paisanos. Al menos podría dispararle.

Perelló había nacido en un pueblo de la comarca en el que había vivido su familia hasta donde alcanzaba la memoria, pero cuando alguno de sus propios paisanos le exasperaba, lo que en honor a la verdad no pasaba mucho, tampoco tenía ningún empacho en aludir a todos indiscriminadamente. Eran, sin más, *estos payeses de mierda*.

El grupo que había venido de Palma estuvo en la casa cerca de una hora. Primero salieron los especialistas con sus equipos, después el forense y el secretario y por último el comandante, la juez y Estrada. El capitán aparecía empequeñecido al lado de su superior y la juez tenía el aspecto de quien hubiera estado doce horas viajando cabeza abajo en una montaña rusa. El comandante, un hombre bronceado y atlético, traía un gesto profundamente malhumorado. Aunque en términos generales Perelló le consideraba un fantoche, le reconocía un dominio del oficio bastante superior al que tenía Estrada. No era la primera vez que le veía aquel gesto y barruntó que algo de lo que había hecho o dicho el capitán le había sacado de sus casillas. Incluso sospechó de qué se trataba. Todas sus sospechas se confirmaron cuando antes de subir al coche el comandante le espetó a la juez:

—La próxima vez no tenga tanta prisa, si quiere que averigüemos algo. Y si le da asco se toma una manzanilla.

—No le tolero que me hable así —se defendió la juez, nerviosa. Estrada tragaba saliva a tal velocidad que parecía que iba a atragantarse.

—Tolere lo que quiera. Yo le digo lo que hay. Estoy harto de aprendices. Ya hablaremos usted y yo, Estrada.

—No tienen nada de que hablar. El capitán cumplió mis órdenes.

—Por eso mismo, señorita.

—Señoría para usted. Sin la te.

—A sus órdenes, Señoría. Espero que no corra la voz de que aquí se borran rápidamente las huellas. Todo el mundo va a querer venir a este pueblo para asesinar a alguien.

—Me quejaré a sus superiores, comandante.

—Hágalo, por favor. A ver si me mandan a Bosnia de una puta vez.

A menudo Perelló daba en pensar que el comandante se había dejado deslumbrar por una idea demasiado romántica de lo que era la Guardia Civil. Para él estaba claro. Su padre, y antes de él el padre de su padre, habían paseado una panza como la suya por aquella misma comarca, en busca de contrabandistas y chorizos. Nunca creyó que aquello fuera Hollywood. Perelló no podía imaginarse a Errol Flynn con tricornio. Si acaso, a Victor Mature.

Capítulo 2
LA NOVIA, EN UN ARREBATO

Aquel maldito agosto me hallaba yo purgando la ocurrencia de haberme cogido de vacaciones la primera quincena, liviandad que era el primer año que mi antigüedad me permitía y que mi comandante no se había tomado la molestia de informarme que le incomodaba. Si lo hubiera hecho, me habría plegado como siempre a sus deseos y le habría ahorrado a él el trabajo de urdir una represalia y a mí la molestia de sufrirla.

La represalia en cuestión consistía en tratar de esclarecer unos homicidios bastante sórdidos, que ya no existía ninguna confianza en resolver y que tampoco importaba a nadie (salvo a una asociación de segunda, o sea, con poco acceso a la prensa) si se resolvían o quedaban impunes para siempre. Había pasado más de un año desde que un par de vagabundos, de paso por una comarca de cierta riqueza agrícola, habían sido despenados con un intervalo de quince días por el mismo procedimiento: atropello. Teníamos identificados los neumáticos, desde luego; un modelo que empleaban al menos ocho marcas de automóviles. Habíamos comprobado todas las reparaciones de chapa en los talleres de la comarca: arañazos o colisiones libres de cualquier sospecha. Habíamos establecido un censo de las personas que tenían algún reparo hacia los vagabundos: varios cientos o miles. Por lo demás no había testigos, ya que las dos muertes habían ocurrido de noche en carreteras poco transitadas. Encontrar un móvil era un ejercicio de fantasía. Reconstruir las relaciones de los dos sujetos exigía remontarse veinte años, que era lo que el más joven llevaba al margen de la sociedad. Por desgracia, disponemos de pocos arqueólogos competentes, pero tampoco creo que hubieran servido de nada. Mi hipótesis personal era que los dos habían sido víctimas de un chalado que andaba de veraneo por allí, o de alguien a quien le fastidiaba ver chusma en una comarca con buena renta per cápita y que carecía de los melindres que a los demás nos impiden procurar todas nuestras apetencias. Cuando un crimen es tan simple, tan espontáneo y tan lógicamente innecesario, todas las técnicas deductivas giran en el vacío. Hace falta un poli con olfato sobrenatural, pero ésos están todos muy ocupados rodando telefilmes en New York.

La idea del comandante era que yo me disfrazara de vagabundo y me paseara profusamente por la comarca, con preferencia por la noche, para tratar de averiguar si el asesino seguía por allí y con ganas de seguir moldeando el frontal de su coche a golpe de huesos de cristiano. Un trabajo indecente se mirase por donde se mirase. En la semana y pico que llevaba, ni había averiguado nada ni nadie había tratado de atropellarme, pero mis compañeros me habían detenido tres veces, a instancias del vecindario molesto por mi presencia, y en cuatro ocasiones había sido agredido por niñatos demasiado bebidos. Una de las noches los niñatos se habían entusiasmado bastante, la verdad. Ante el riesgo de que me encontraran el arma y tratasen de quitármela, había tenido que apuntarle a uno a la cabeza y hacerle ver que cuando su madre gritara llorando en el juicio que su hijo era un chico muy bueno y que yo era un asesino él ya llevaría un puñado de meses comido por los gusanos y no iba a poder escucharlo. La porción mayoritaria de la juventud está aturdida por los diversos estímulos que configuran su pujante cultura, desde el sonido *máquina* hasta el alcohol de garrafa, y a veces conviene ser brutal para que te entiendan. En resumen, que si a todo eso se añaden las consecuencias de una prolongada falta de higiene por exigencias del servicio, la misión era propiamente una mierda absoluta.

De ella vinieron a sacarme una tarde Gómez y Hermida, el cabo y el guardia que me detenían habitualmente cuando los vecinos se quejaban. Por cierto que Gómez ya empezaba a mosquearme, porque tenía identificada a la gente con la que jugaba al dominó y todos ellos me miraban con una sonrisita astuta. No me extrañaba que aquel cretino hubiera encontrado una manera del todo improcedente de darse pisto ante sus compañeros de partida.

—Levanta, basura —escupió Gómez.

—Tú no eres nadie para insultarme, aceituno.

—¿Qué has dicho?

—Si me insultas yo te insulto. Tengo mis derechos y no estoy molestando a nadie. ¿Comprendes?

—Está bien. Documentación —se mordió la lengua Gómez.

Minutos después, en el coche, la conversación cambió de tono.

—¿Qué pasa esta vez? —pregunté—. Otra vieja con el dedo rápido, supongo.

—No, mi sargento —repuso Gómez—. El comandante Pereira. Que se presente en Madrid inmediatamente.

—¿Para qué?

—No sé más, mi sargento.

—¿Podría hacerme un favor infinito, cabo?

—Usted dirá.

—Lléveme a donde haya una ducha y présteme un bote grande de algo que limpie. Gel, detergente, lavavajillas. Lo que sea.

Tres horas después estaba, aseado y uniformado, en el despacho del comandante, en Madrid.

—¿Da su permiso, mi comandante?

—Pasa, Vila, y no te andes con hostias —me saludó Pereira, tenso pero sin alzar la voz; muy rara vez la alzaba—. Tengo a toda la familia en la piscina, esperándome desde hace dos horas.

—A sus órdenes.

Vila es la abreviatura de mi apellido para uso de mis superiores, compañeros e incluso inferiores. La versión completa, Bevilacqua, según tengo estadísticamente comprobado, resulta inasequible a las prestaciones lingüísticas medias de mis compatriotas. Qué se le va a hacer. Uno no elige ser hijo de uruguayo ni que su padre descienda de italianos. No voy a dar aquí referencia exhaustiva de mis orígenes, porque implicaría aclarar qué hacía mi madre en Montevideo en 1962, y eso, según se me ha repetido con frecuencia e indignación desde 1969, año en que regresó a su país conmigo de la mano, nadie de mi familia alcanza todavía a comprenderlo.

—¿Alguna novedad en lo de los vagabundos? —dijo Pereira, sin mirarme.

—Sí. Hace dos días que nadie se mete conmigo. Me temo que la otra noche, cuando tuve que defenderme para que no me lincharan, me arruiné lo del incógnito.

—Bravo, Vila. La próxima vez que te vistas de mendigo olvídate la pistola.

—No creo que sea sensato, mi comandante. Si no la hubiera llevado me habría hecho papilla la naranja mecánica.

—¿La qué?

—La naranja mecánica. ¿No vio la película?

—¿Qué película?

En ese momento recordé que Pereira había tenido una educación bastante religiosa y que la película que trataba de hacerle recordar había estado prohibida y desde su estreno seguía firmemente desaconsejada por la Iglesia. Aunque el contacto con el mundo de los descarriados había engrosado el vocabulario del comandante y debilitado en cierta medida sus convicciones, le habían quedado algunas lagunas irremediables.

—Nada, no tiene importancia, mi comandante.

—Si te sientas y me concedes un minuto te cuento una cosita que sí la tiene. Aparcamos a los vagabundos por ahora. Te vas a Mallorca.

—Con todo respeto, mi comandante, no entiendo por qué se ensaña así conmigo. De haber sabido que no quería que me tomara las vacaciones en la primera quincena nunca lo habría hecho, se lo juro.

—Déjate de chorradas. Esto te va a divertir, y no es lo que te temes. No vas a tener que trabajar de camarero en el Club Náutico, si te olías eso. Ni siquiera es en Palma. Te mando a una cala no demasiado grande, en el este de la isla.

—¿A quién le han dado?

Pereira se tomó su tiempo. Ya habían pasado las ocho de la tarde y debía estar hasta las narices después de un largo día, pero ahora venía el momento en que empezaba a disfrutar. Era de esa clase de gente que se aburre como un muerto hasta que le llega algún asunto turbulento y se ve en situación de dosificarlo ante quien sabe que está ansioso por conocer los detalles. He de reconocer que a mí también me atraen los asuntos turbulentos, y que después de diez días de aburrimiento casi constante no podía reprimir mi interés.

—La muerta es una austriaca, turista, o lo que fuera. Veinticinco años y estaba así de buena.

Pereira me echó un sobre con las fotos. En ellas se veía a la muerta suspendida de la cuerda y sobre la mesa de autopsias. El comentario de Pereira, aunque irrespetuoso, era pertinente. De todas las fotos de cadáveres que había visto en mi vida, ninguna me había ofrecido una sensación comparable. La belleza de la muchacha se sobreponía al horror de la muerte. Los dos balazos eran tan pequeños que si se entornaba un poco los ojos se tenía la impresión de estar contemplando la fotografía de una escultura un tanto macabra, de acuerdo, pero también sugerente sobre todo aspaviento. La piel de la difunta era de una blancura exagerada. Como luego hubo ocasión de confirmar por varios testimonios, no se debía a la falta de riego sanguíneo, sino que la había distinguido ya en vida. Otra cosa singular, para una austriaca, era que tenía el pelo negro como el betún, tirando a azulado.

—¿Cuándo? —pregunté.

—Hace tres días. Se llamaba Eva Heydrich y había venido en un yate, desde Italia, hace un par de semanas. El yate volvió a su puerto la semana pasada y ella se quedó viviendo en el chalet donde la encontramos haciendo de péndulo. La colgaron del techo con una cuerda corriente, nada que ver con aparejos náuticos. El chalet fue alquilado por una suiza de cincuenta y ocho años llamada Regina Bolzano, que entró en la isla por avión procedente de Milán y que todavía no ha salido, que sepamos. Desapareció sin dejar dirección el mismo día del crimen.

—¿Se sabe algo de quiénes eran?

—Poco, pero jugoso. Tres horas después de encontrarla, antes de que les llamáramos, los del consulado austriaco nos llamaron a nosotros. A instancias del padre. Se dedica a algún tipo de comercio internacional desde Viena y es más o menos millonario. La policía austriaca no tiene nada contra él.

—No me dirá que los del consulado ya sabían que estaba muerta.

—No. El padre estaba inquieto porque la niña no hubiera vuelto con el yate y tampoco le hubiera telefoneado.

—¿Qué le contaron al padre los del yate?

—Nada demasiado raro. Que a la chica le había gustado la isla y había hecho amistades.

Como otras veces, me di cuenta de que Pereira me estaba examinando. Estaba dispuesto a soltarlo todo, desde luego, ya que me iba a enviar al avispero, pero se distraía averiguando si yo era capaz de irle sacando las informaciones que debía transmitirme. Llevaba trabajando con él unos tres años y no podía quejarse. Me debía una condecoración y un buen pedazo de los comentarios elogiosos que empezaban a atestar su hoja de servicios para impulsarle hasta el ansiado generalato. Pero siempre que podía se complacía en hacerme notar que no se fiaba de mí.

—¿Y la suiza?

—Pasa en Mallorca largas temporadas. Siempre va a esa cala y la gente del lugar la conoce. Nunca ha causado problemas, aunque no parece resultarle demasiado simpática a nadie. Desde Suiza han tenido a bien comunicarnos que es o era ginecóloga y que carece de antecedentes. No tiene familia. Eso es todo, y gracias.

—¿Nadie ha facilitado ningún dato acerca de su vida en la cala? Sobre sus actividades o sus aficiones.

Pereira me observó con una mezcla de aprobación y condescendencia. Lo de la condescendencia no me afectaba demasiado porque así miraba a todo el mundo. En la fotografía en la que el Director General le estaba imponiendo la cruz tenía la misma mirada.

—No tenemos noticia alguna de sus actividades, fuera de pasear o ir a la playa, y no demasiado. Cuando salía por la noche no paraba por la zona. La compra la solían ir a hacer las jovencitas con las que vivía. Ésa parece haber sido su principal afición y la maciza Eva parece haber sido la última. Un romance muy fugaz, pero de imborrables consecuencias.

—El arma es de poco calibre, un 22 o así —aprecié sobre las fotografías—. La han encontrado y es de la suiza, ¿no?

—No sé de quién es, porque no llevaba el nombre puesto. Pero sí estaba plagada de sus huellas. Apareció en la basura, con el tambor vacío. Poco profesional, ¿eh?

—Después de eso, sólo me queda una pregunta, mi comandante.

—Le escucho.

—¿Para qué me envía allí, para que le ponga una guinda?

—Aproximadamente. El comandante Zaplana nos ha pedido ayuda. Es un asunto inconveniente en un mal momento. La isla está llena de teutones a la parrilla. La cosa ha salido con mucho ruido en sus periódicos, en los de los teutones, quiero decir. No es una bomba, que siempre haría más daño, pero se trata de uno de los suyos, o casi. Tenemos que liquidar el caso cuanto antes, dejando bien claro que el malo es uno de ellos al que se le ha ido la cabeza. Que sepan que el problema viene de su tierra, para que no lo extrañen, y que no les quepa duda de que la justicia funciona en este merendero gigante que tanto les quiere y les necesita.

—Bueno, si la cosa es tan fácil, con un par de guardias auxiliares sobraría.

—No te hagas la vedete, Vila. Zaplana se ha atascado con algo. Que le vendría bien alguna ayuda especializada para amarrarlo todo, dice. Para mí que no es el tipo de faena que su gente domina. El caso es que los superiores quieren un trabajo impecable y rápido. Juntar una montaña de pruebas y atrapar a la tía y dárselo todo bien envuelto al juez y a los periódicos. La patria te lo agradecerá.

—Ya veo. ¿Puedo esperar al menos alguna libertad para organizarme?

—No mucha. Zaplana tiene un plan y se lo hemos aceptado. Por cierto, te aconsejo que tengas cuidado con él. No es tonto el hombre, aunque sí un poco legionario y eso tiende a desorientar. Le han rechazado tres peticiones para irse de casco azul a los peores sitios.

Me preguntaba qué era lo que le había llevado a Pereira a sospechar en algún momento que aquello podía divertirme. Por un momento añoré la mugre y las palizas de los adolescentes ebrios. Al menos estaría en la playa, pensé para consolarme, y me esforcé por mostrarme resignado.

—Ardo en deseos de oír ese plan —dije.

—Te hemos alquilado un chalet. Vas a estar allí localizando testigos y husmeando por los sitios a los que la sospechosa y la víctima hayan podido ir. Pero no te doy más de diez días. Ése es el tiempo en que Zaplana se ha comprometido a cazar a la vieja. A ti te toca la otra mitad del pastel, las pruebas. Para completar tu camuflaje, irás con una agente. Simularéis ser una pareja de turistas hambrientos de emoción y os meteréis por donde Zaplana sospecha que se movían las dos. Al parecer eran adictas a la noche y a ciertos círculos de gente ambigua.

—Ya sabe que prefiero actuar solo.

—Y tú ya sabes que esto es la mili, Vila. Te llevas a Chamorro.

No lo podía creer. Chamorro era una cría de veinticuatro años que había intentado entrar en todas las academias militares para seguir la tradición familiar y que habiendo fracasado en el empeño se había conformado a regañadientes con ser guardia. No era del todo mal parecida, alta y medio rubia, pero la aridez de su trato le había granjeado como apodo una reordenación de las letras de su apellido que, en honor a la verdad, estaba más justificado por el truco fácil que por su nada ostensible orientación sexual. Más que masculina, era un poco seca y bastante tímida. Su buen número le había permitido elegir aquel destino y su expediente estaba repleto de méritos académicos, pero no tenía un año de experiencia.

—Yo preferiría a Salgado, si se me autoriza a hacer una propuesta al respecto.

—Todos preferís a Salgado. A ver si se casa de una vez con alguno y dejáis de hincharme las pelotas.

—No me malinterprete, mi comandante. No sólo es una chica despejada y está más curtida que Chamorro, sino que también es bastante más desparpajada y vistosa. Si hay que moverse en ambientes dudosos, no hay comparación.

—Si hay que moverse en ambientes de tortilleras, Chamorro es su pareja —se burló el comandante, con zafiedad.

—A las lesbianas, suponiendo que hubiera que lidiar con alguna, les gustan las mujeres igual que a usted, mi comandante. Piense quién le llamaría la atención de las dos. Pues igual a ellas.

Pereira frunció el ceño. Temí haber ido demasiado lejos.

—Si le parece poco vistosa, dígale cómo tiene que pintarse, elíjale la ropa o recomiéndele una esteticién. Pero no estoy dispuesto a que un elemento con posibilidades se quede para vestir santos porque a todos mis hombres les ponga más cachondos esa Barbie vestida de verde. Y ésta es una buena ocasión para rodar a Chamorro. Un asunto asequible.

Pereira había hablado con una extremada dulzura y me había tratado de usted. En su particular psicología eso significaba que la conversación había concluido y que si tenía en alguna estima mi sueldo y mis galones, tan modestos ambos, pero útiles para mi supervivencia, más me valía obedecer y callar.

—A sus órdenes, mi comandante —aullé. En la vida civil se desconocen las grandes ventajas que proporciona el trato rígidamente jerárquico. Es algo que a medida que se extiende la confusión social y moral en todas las esferas va quedando más y más olvidado. Pero la distancia de la relación jerárquica, sobre todo cuando se somete a algo superior a mando y subordinado (como pasa en el ejército, siempre), ofrece una adecuada protección y un grado importante de libertad. Que uno debe hacer lo que le salga de las narices al jefe, dentro de un orden, es un axioma que vale para cualquier actividad remunerada y muchas gratuitas. Pero, una vez constatada esa circunstancia, la defensa que de la propia intimidad y de la conciencia individual proporciona un sistema como el militar no tiene equivalente en la vida civil. Cuando uno le grita a su superior que está a sus órdenes lo pone a tres metros de distancia y desde esa seguridad, puede al mismo tiempo empeñar toda su alma en ensuciar la memoria de la madre que lo parió. Pereira no era mal tipo, y no llegué a ese extremo, pero si yo hubiera sido menos comprensivo muy bien habría podido hacerlo mientras estaba firme ante él.

—Zaplana te proporcionará el resto de los detalles —terminó Pereira, ahora con su suave antipatía habitual—. Preséntate a él mañana a primera hora. Sales en un vuelo chárter a las tres y media de la mañana. Si hay alguien armando alboroto en el aeropuerto no te asustes, serán los dos a los que hemos dejado sin plaza en ese vuelo.

—A sus órdenes —repetí.

—Te doy un chollo, Rubén. Lo hizo la novia, en un arrebato, y no tienes más que formarte un cuento consistente. Si eres rápido esto se verá y sacarás algo. Hemos hecho cosas más difíciles, por supuesto. Sin embargo, lo que vale al final es lo que sirve para contentar a los de arriba. Has trabajado bien estos años. Hace tiempo que esperaba que viniera algo así para dártelo. No falles porque no sé cuándo tendrás otra ocasión de lucirte como ésta.

Salí del despacho de Pereira meneando la cabeza. Era la primera vez en tres años que aquel hombre tenía un gesto conmigo. Y sobre todo, la primera vez que empleaba mi nombre de pila.

Capítulo 3
UNA VÍCTIMA PROMISCUA

Me encontré con Chamorro en el aeropuerto. Me fui hacia ella y la saludé con un beso de familiaridad que ella encajó más o menos como si Nosferatu le hubiera chupado la cara con la lengua chorreante de sangre.

—Un poco más de soltura, Chamorro, que somos pareja.

—Lo siento, mi sargento.

—Cuando nos oigan otros espero que te acuerdes de llamarme Luis.

—Descuide.

—¿Has memorizado todos los datos de los dos?

—¿A qué se refiere con todos?

—Los que la gente normal suele recordar. Nunca sería necesario que te supieras un número de la Seguridad Social, por ejemplo. Eso no se lo sabe nadie, ni siquiera el suyo. Tampoco pasa nada si te olvidas de mi DNI. Pero mi supuesto apellido, dónde trabajo, todo eso debes sabértelo.

—Desde luego.

—Bien. Vamos a facturar el equipaje.

Chamorro vestía una ropa bastante sobria, aunque no totalmente inverosímil. También llevaba medias. Antes de llegar a los mostradores de facturación, le ordené:

—Cuando dejemos el equipaje pasas al servicio, te quitas las medias y las echas por el váter.

—¿Cómo?

—Por el váter. Las medias. ¿Has visto a alguien que vaya de veraneo con medias? Si no pones atención esto va a ser difícil, Chamorro.

—Lo siento.

Chamorro era una profesional puntillosa y la hería que la corrigieran. También era púdica y no debía gustarle que un hombre la aconsejara sobre la desnudez de sus piernas. Pero cuanto antes se enterara de que no había ido a parar a un mundo de caballeros, como le habría pasado si hubiera conseguido ingresar en la Escuela Naval, menos posibilidades tendría de malograr lo que íbamos a hacer.

El avión salió puntual. Lo bueno de los vuelos de madrugada es que a esa hora no hay congestiones en el tráfico aéreo. Nos habían sentado en una fila de a dos asientos y a nuestro alrededor todos dormitaban. Mientras ascendíamos hacia el firmamento estrellado me dirigí a Chamorro:

—Estás al corriente de los hechos, me imagino.

—He estudiado la documentación que ha llegado de Palma esta mañana.

De que Chamorro era una chica estudiosa no me cabía duda. Pero eso no era lo que me interesaba. Con una brutalidad deliberada, declaré:

—Todo apunta a que la vieja se cepillaba a la muerta o la muerta a la vieja, que el orden no altera el producto. Esas relaciones son problemáticas y sobre todo cuando hay diferencia de edad. Por otra parte el arma homicida tiene las huellas de la vieja. Así que vamos con una hipótesis. ¿Sabes lo que significa eso, Chamorro?

—Creo que sí —dudó, ruborizándose.

—Significa que lo más posible es que las cosas pasaran de la manera en que parece que pasaron, pero no que no puedan haber pasado de otra manera. Ni más, ni menos. O sea, que salvo que nos demos de narices con algo raro, la vieja es la asesina y nosotros la empapelamos. Pero si nos tropezamos con algo raro, ya podemos tener mucho cuidado en seguir creyendo que es a la vieja a la que hay que empapelar, porque la estaremos cagando y bien.

—¿No cree que fuera ella?

—En este momento, Chamorro, no tengo ningún elemento de juicio que me permita pensar en otra persona. Es más, apuesto 99 a 1 a que será la vieja y a que dentro de una semana estamos de vuelta. Lo que ocurre es que hasta ahora no dispongo de ninguna impresión que haya obtenido por mí mismo. Somos militares y la disciplina es para nosotros una virtud, pero eso no quiere decir que debamos oler con la nariz de otro. Hay que afilar la nariz de uno, y la única forma es desconfiar de lo evidente.

—Pero el comandante...

—Eso es lo que quería saber, hasta qué punto vienes con el terreno comido por lo que te ha dicho el comandante. Me atrevo a darte un consejo, querida, y no por lo que llevo en la hombrera y tú no llevas, sino porque soy más viejo que tú. Procura enterarte bien de lo que quieren tus superiores y mátate por conseguirlo, pero consíguelo como mejor te parezca a ti, y no como les parezca a ellos. El comandante quiere al asesino y se lo vamos a dar. El procedimiento es cosa nuestra, dentro de los límites que nos impongan.

Me pareció que Chamorro se despistaba.

—No pienses cosas raras, mujer. Sólo es cuestión de no relajarse y no creer que lo llevamos todo hecho. Es una higiene mental. Las dos o tres veces que he metido la pata hasta la ingle ha sido por confiarme.

—De acuerdo, mi sargento.

—Bien. Aparte de eso, hay un punto importante.

—¿Cuál?

—¿Te gustan las mujeres, Chamorro?

Mi subordinada enrojeció todavía más de lo que ya había ido enrojeciendo a lo largo de la conversación. Abrió la boca y no emitió ningún sonido.

—No me importa si te gustan o no —aclaré—. No voy a censurarte. Ni siquiera espero que me contestes ahora. Lo que espero es que si alguien te vuelve a hacer esta pregunta le eches cara y sueltes lo que te parezca, verdad o mentira, pero sin ponerte colorada. No te pongas colorada más que cuando te interese por alguna razón. Tenemos que tratar de introducirnos en el ambiente en que se movía la víctima y a lo mejor allí hay que hacer de lesbiana. Si llega el caso, te toca a ti, porque yo resultaría poco convincente. No temas, tampoco tienes por qué acostarte con nadie, salvo que te apetezca y no perjudique la investigación.

Chamorro tragaba saliva.

—Di algo, mujer, no te lo tragues.

—Si me apetece o no acostarme con quien sea es asunto mío, mi sargento.

—Vale, es un comienzo. Pero sonríe, que no parezca que te han ultrajado. Eres una poli, no una catequista.

Reconozco que el comentario tenía una saña calculada. Alguien me había dicho, ignoro si con o sin fundamento, que Chamorro, antes de sucumbir a su vocación militar, había tocado la guitarra y desarrollado algunas otras colaboraciones indefinidas en su parroquia. Por la cara que puso, me inclino a pensar que el chisme era de buena tinta.

A las siete y media de la mañana, de acuerdo con las instrucciones, estábamos en el despacho de Zaplana. El comandante se había lavado la cara y humedecido el pelo para peinárselo, pero con ello no había alcanzado a borrar las huellas de la que no debía haber sido una buena noche. Su mal humor era más que notorio.

—Pasa por ser un experto, sargento, así que no hará falta que le diga lo que tiene que hacer. Le pondré en antecedentes de lo que hemos averiguado hasta el momento. El caso está bastante claro, pero nos falta terminar de ensamblar todas las piezas. Ahí entra usted. Sólo circulando de incógnito por donde circulaban los protagonistas podemos conseguir que se suelte la lengua de cierto tipo de personas.

—¿Han conseguido establecer las relaciones de la sospechosa o de la víctima?

—Hemos sabido a dónde iban las dos, cuando salían. En cuanto a la víctima, era muy aficionada a la playa. Al principio iba a la que usan todas las familias, pero después de un par de incidentes por su alergia al biquini decidió cambiar.

—¿Eso quiere decir lo que supongo?

—Quiere decir que la chica se ponía en pelota picada en medio del sembrado de tortillas y que entre los tipos que no dejaban de comérsela con los ojos y las mujeres que murmuraban acabó prefiriendo una playa nudista.

—Ya.

—Su vida nocturna era agitada. En la urbanización donde vivía hay un par de garitos y la conocían en los dos, al contrario que a la vieja. A ésta sólo la conocían en un club que pertenece a otro complejo turístico del este de la isla, a unos veinte kilómetros. El nombre es indicativo: Abracadabra. En este club también les sonaba la cara de la difunta, pero no se mostraron demasiado comunicativos con mis hombres. Siempre hemos sabido que allí pasan mierda y venden tabaco de contrabando, poca cosa en resumen. Hemos tratado de hacer ver que nos la suda, con perdón —se excusó ante Chamorro—, pero para ellos debe ser importante.

—¿Qué tipo de mierda?

—Pastillas, *diseño* y a lo mejor un par de días al año cocaína. Si cerráramos todos los sitios así no habría donde tomar una copa. No somos tan gilipollas, pero ve a explicárselo a ellos.

—Podría coaccionarles, hacerles ver lo que sabe y sugerirles que sólo si colaboran no tendrán problemas. Tampoco le cuesta mucho.

—Prefiero hacerme el loco directamente, sargento. Tampoco sé si voy a sacar algo, y con la que está cayendo lo último que se me ocurre es hacer tratos con droga de por medio, aunque sea un cuarto de gramo.

—Así que la sospechosa sólo iba a Abracadabra —retomé el hilo—. ¿Han preguntado por la víctima en otros sitios de ese complejo?

Zaplana asintió.

—Sí. Según hemos comprobado, allí atracó el yate en el que vino, y se movió bastante con la gente que la acompañaba, un par de parejas de italianos. Luego fue sola un par de noches.

Me dio la sensación de que a Zaplana no le interesaba demasiado nada que no fuera en la línea de su hipótesis, pero me vi obligado a observar:

—Convendría saber dónde estaban los del yate la noche de la muerte, para despejar el paisaje.

—La entrada del yate en su puerto en Italia está registrada esa misma mañana.

—Me refiero a los ocupantes, no al yate.

—Podemos comprobarlo —aceptó, con desgana.

—Otra cosa, mi comandante.

—Adelante.

—¿Qué le han contado de la víctima en esos otros sitios a los que iba?

Zaplana suspiró.

—Eva no era una chica formal, sargento. Por lo visto, se enredaba con lo que fuera, llevara lo que llevara entre las piernas. No digo que anduviera desesperada. Tenía mucho éxito. Podía elegir. Y el gusto le variaba de una noche a otra. Sin embargo, siguió viviendo con la vieja. Ésta se debió enterar de algo y no pudo asumirlo.

Medité lo que iba a decir.

—De todas formas, mi comandante, esa variedad de relaciones también puede ser un inconveniente.

—No le sigo —replicó Zaplana, con visible incomodidad.

—Tenemos un revólver con unas huellas y eso sólo apunta a una persona y nos facilita las cosas. Pero por otra parte tenemos a una víctima promiscua y eso no viene tan bien, porque apunta a un cierto número de gente a la que pudo inspirar malos pensamientos.

—No vivía con los otros. Vivía con la vieja.

—Eso no es decisivo.

Ahora Zaplana sí que estaba irritado, pero percibí que no era conmigo, sino con la vida en general y con su tarea en particular. Fue un gesto de nobleza por su parte tratar de contenerse y no echármelo a mí encima, lo que muy bien habría podido hacer sin consecuencias.

—De acuerdo, sargento —dijo, con cansancio—. Tiene razón. No voy a decirle cómo hacer su trabajo ni puedo obligarle a que descarte pistas que considere no descartables. Sólo le digo que tenemos una buena explicación y le confieso que si puede confirmarla se lo agradeceré más que si me toca los cojones jugando a los detectives. Entiéndame. No le amenazo. Sólo le ruego que si se aparta del camino que le han marcado procure estar bien seguro de que tiene motivos sólidos.

—Creo que capto la indicación, mi comandante.

—Mejor. Ahora hablemos de intendencia.

Sacó un par de llaves y las puso sobre la mesa.

—Aquí tienen las llaves del coche y las de su chalet. El coche está abajo y el chalet localizado en un plano que hay en la guantera. Tardarán más o menos una hora en llegar, desde aquí. En la casa hay comida, lo indispensable. Si no les gusta o no les basta compren lo que les apetezca. Antes de ir al chalet, pasen por el puesto, en el pueblo. El brigada Perelló está al mando. Es un buen profesional y conoce la comarca. Nació allí. No se pone nervioso, así que puede confiar en él y pedirle toda la ayuda que necesite. La gente que tiene es bastante joven y no toda buena, pero se manejan.

—Trataremos de no ir mucho por el puesto.

—No se preocupe. El pueblo está en el interior y la gente que vive allí tiene poco trato con los de las playas. Si van al puesto dudo que se encuentren con nadie que vaya a estropear nada reconociéndoles.

Cuando ya nos despedía, después de dudarlo durante unos minutos, el comandante me apartó hacia un rincón y me hizo una confidencia:

—Hay un par de personas con las que debemos tener cuidado. Una es la juez. Una niñata de mierda que se ha pasado dos años sobando libros y que se cree que eso le ha hecho ser algo. Ni puta idea. Aunque oficialmente estamos bajo sus órdenes, yo iré decidiendo lo que le hacemos saber. Para que se haga una composición de lugar, levantó el cadáver antes de que llegáramos. Parece que se le revolvió el estómago.

—Están las fotos. Y el informe dice que la examinó el forense.

—Las fotos son insuficientes. Las hizo Perelló, que no tiene experiencia en estas cosas. Y lo que vio el forense lo habría podido ver mi abuela. El otro de quien tiene que cuidarse, y éste sí que es peligroso, es el capitán Estrada. No se relacione nunca con él, trate sólo con Perelló. Estrada es una desgracia, un imbécil que me he tenido que comer yo porque no debía haber nadie más en el Cuerpo a quien dar por culo. Si le molesta me avisa inmediatamente. No tiene ninguna autoridad en el caso, y me he ocupado de dejárselo bien claro, pero no me extrañaría que no hubiera entendido.

—A sus órdenes, mi comandante.

Zaplana se me quedó mirando. Me esforcé por adivinar lo que le pasaba por la cabeza, sin resultado alguno.

—Oiga, Bevilacqua —me soltó al fin—, ¿cómo demonio es que se llama Bevilacqua? Si no es indiscreción.

Rara vez había tropezado con alguien que fuera capaz de pronunciar dos veces mi apellido con relativa solvencia en un intervalo de dos segundos. Pero al comandante le coloqué lo mismo que a todo el mundo, una historia corta y no exactamente cierta, cuya principal virtud es desanimar al curioso a seguir preguntando:

—Mi padre era uruguayo. Nos abandonó cuando yo tenía año y medio.

Zaplana alzó las cejas.

—Ah. Lo lamento.

—No se preocupe.

—Bueno, una última cosa. —Cambió de asunto, con cierto embarazo—. ¿Qué tal es la niña?

—¿Chamorro? La número dos de su promoción. Su padre es coronel de Infantería de Marina —agregué este detalle en la certeza de que a Zaplana no le dejaría indiferente—. Puede confiar en ella. Lo hará bien.

—Me parecía demasiado joven. En confianza, esto de ponerle uniforme a las mujeres no me acaba de convencer. Aquí hay una a la que se le marcan las bragas debajo del pantalón. Me tiene a toda la tropa perturbada y me apostaría una mano a que la tía disfruta con eso. Claro que no hay que tener prejuicios. Si dice que ésta vale será así. También me imagino que a Madrid les mandan a las mejores. Buena suerte, sargento.

—Gracias, mi comandante.

Me reuní con Chamorro. Mientras bajábamos hacia el coche, traté de ayudarla a relajarse:

—La próxima vez no estés tan callada, mujer. Es un comandante, no un ogro. ¿No tenías ninguna duda?

—No consideré que debiera hablar, mi sargento.

—¿Qué opinas? Ahora puedes hablar con libertad.

Mi subordinada me miró, se sonrojó y a pesar de todo osó revelar lo que andaba pensando:

—Creo que no lo hizo la sospechosa.

—Vaya. Eso es sorprendente. ¿Y por qué lo crees?

—La víctima medía uno ochenta y cinco y pesaba casi setenta kilos. La sospechosa, de acuerdo con la descripción, no mide arriba de uno sesenta y cinco, y tiene casi sesenta años. A la víctima la arrastraron y colgaron cuando ya estaba muerta. Por las habitaciones en las que se encontraron rastros de sangre, fue arrastrada no menos de veinte metros. He estado pensando todo esto mientras usted hablaba con el comandante. Cuando lo leí no dudaba que la sospechosa la hubiera matado y no me llamó la atención. Pero ahora que parece haber otras posibilidades, lo que empieza a resultarme difícil es que pueda haberlo hecho esa mujer.

—No sabemos lo fuerte que es ni su estado de salud. Te pasmarían las proezas físicas que pueden realizarse en una situación apurada.

—A pesar de todo, mi sargento.

—Está bien. Supongamos que no lo hizo Regina. Lo hizo otro, a quien en principio le debe convenir que nosotros pensemos que fue Regina. Uno: ¿por qué colgó el cadáver, lo que, como bien acabas de exponer, puede movernos a dudar de que nuestra sospechosa sea la autora? Dos: ¿por qué se ha esfumado Regina?

Chamorro caviló empeñosamente. Pronto comprobé que ésa era la forma en que cavilaba siempre.

—Si ese otro actuó en connivencia con Regina, ella pudo pedirle que hiciera algo que la excluyera.

—Claro, como matarla con una pistola llena de sus huellas dactilares.

Chamorro buscó una salida:

—Hay que tener en cuenta que la sospechosa no ha aparecido. A lo mejor no es por su voluntad.

—Insinúas que pueda estar muerta o secuestrada. Las dos cosas me parecen improbables. Si estuviera muerta habría aparecido colgada con Eva. Y los secuestradores no matan tan expeditivamente como mataron a la austriaca.

Chamorro se rindió:

—Supongo que es demasiado pronto para querer ir tan lejos.

—No, Chamorro. Está bien que trates de llegar al final en cada momento, y el intento es válido. A mí tampoco me encaja que Regina colgara a nuestra larga y pálida Eva. El caso es que eso es lo único que no me funciona del todo y encuentro maneras más o menos forzadas de solucionarlo. Pero si hay más cosas que no me funcionan a lo mejor me va costando más resolverlas. En ese caso tendremos que darle un disgusto a nuestros dos comandantes. Por ahora, haremos caso del consejo de Zaplana. Reza por que podamos endosárselo pronto y sin mucho esfuerzo a Regina Bolzano.

—¿Ha cambiado de opinión, mi sargento?

—Te digo que reces por eso. El sexto sentido con el que siempre me huelo la desgracia me dice que ya podemos irnos preparando. Me temo que Eva Heydrich era una de esas personas que tienen el don precioso de hundirlo todo a su alrededor.

Capítulo 4
LA MATÓ CUALQUIERA

Perelló era un hombre sanguíneo, de cabello menguado y peinado hacia atrás, con esa gravedad de ademanes que distingue a los hombres de una pieza. Ahora casi no hay hombres de una pieza y es probable que dentro de no mucho se pierda la memoria de sus ademanes graves. Es la forma en que alzan la mano, ya sea para ponerse la gorra, tomarse un tinto o despedir a sus nietos reprimiendo una lágrima. Si el mundo estuviera en manos de hombres como Perelló, sería difícil que los niños murieran de hambre y los hijos de perra estuvieran morenos y confiados.

—A sus órdenes, mi brigada. Se presentan el sargento Bevilacqua y la guardia segunda Chamorro.

—¿El sargento qué?

—Bevilacqua. Es italiano. Si le cuesta, todo el mundo dice Vila, para hacerlo más fácil.

—¿Eres italiano?

—Yo no. Un bisabuelo, creo.

Perelló había salido del cuartillo del comandante de puesto a recibirnos. En la entrada nos había identificado el guardia Barreiro. Conocía a Chamorro de la academia de guardias. También estaba Satrústegui, que resultó más taciturno. Casi imperceptiblemente, Perelló me sugirió con un gesto que habláramos él y yo a solas. En condiciones normales habría preferido que mi ayudante no dejara de recibir ninguna información que yo recibiera, pero en aquella circunstancia y con aquella ayudante la sugerencia de Perelló me pareció oportuna y la seguí sin protestar. Chamorro se quedó charlando con Barreiro y yo acompañé a Perelló dentro de su cubil. Lo presidía una foto muy descolorida del rey. En todo el cuarto no había un solo objeto personal.

—Siéntate, por favor. Si no te importa te tuteo, sargento. Y si te da la gana me tuteas a mí también. Los dos somos suboficiales, o sea, la columna vertebral del Ejército. ¿Nunca has pensado dónde acaba la columna vertebral?

—Sí, mi brigada.

—Pues eso. A nosotros nos toca sacar la mierda, así que no vamos a andarnos con pamplinas. ¿De qué conoce esa chica a Barreiro?

—Resulta que es de la misma promoción. Estarán contándose batallas.

—Ojo con Barreiro. Es un tarado. ¿Te fías de tu ayudante?

—A ti te digo la verdad, mi brigada. Tiene muy poca experiencia. No es nada torpe, sino todo lo contrario, y tampoco le falta voluntad, pero viene contra mi criterio.

—Pues estamos listos.

—Intentaré que aprenda deprisa.

Perelló se encogió de hombros.

—Desde que empezó este baile sólo recibo presiones. A Zaplana alguien le ha puesto histérico y a Estrada, mi capitán y superior directo, no le cabe una paja por el conducto.

—Zaplana me dijo que está apartado del caso.

—Ah, te lo ha dicho. No es cómodo para mí, pero me alegro al menos de no tener que guardar el secreto contigo. ¿Qué te ha parecido Zaplana?

Cuando uno tiene un problema que resolver acaba llegando el momento en que debe elegir alguien en quien confiar. Admito que después de un par de segundos de enfrentar sus ojos brumosos, no me costó mucho escoger a Perelló. Sin rodeos, opiné:

—Un inestable. Mal director para este circo.

—Ya somos dos. Al principio creyó que mandando un enjambre de uniformes verdes a olisquear por la zona iba a resolver el asunto en dos patadas. Pero mis hombres no tienen callo en estas cosas, y los de Palma, que dicen que lo tienen, vinieron con demasiada prisa y lo que no tuvieron fue suerte. Ahora la idea sigue siendo que nos las vemos con un desahogo de algún extranjero o extranjera demente, pero para mi gusto el panorama está un poco más embrollado de lo que convendría. Zaplana os ha llamado tragando sapos. Creo que habría preferido no hacerlo. El caso es que esto es demasiado complicado para nosotros. Esa chica se pudo tirar a la mitad de la colonia de turistas en menos de quince días. Si no fuera por la pistola con las huellas y porque la mujer mayor se ha largado, yo diría que la mató cualquiera.

—Zaplana no ha pasado ese mensaje, ni a mis jefes ni a mí. Quiere que empapelemos a la Bolzano.

—Por suerte o por desgracia, la Bolzano aparecerá de un momento a otro. Me juego las medallas a que tan pronto como la interroguemos a Zaplana se le cae la tienda en el colodrillo.

—¿Tienes alguna interpretación propia, mi brigada?

Perelló se abstrajo en el techo. Una tendencia extendida y frecuentemente errónea mueve a no aguardar demasiado de los razonamientos de la gente que piensa y se expresa despacio. Éste es el tiempo de los fulgurantes, aunque detrás de la fulguración, como suele suceder, sea difícil encontrar nada que no se escurra entre los dedos.

—Mi interpretación —dijo—, es que interpretar nada es jugar a la lotería. Yo vi a la chica, Vila, y no se me va a olvidar hasta que me muera.

Acto seguido Perelló hizo para mí la relación pormenorizada del hallazgo y levantamiento del cadáver. Cuando hubo concluido, añadió:

—No soy un especialista, pero te digo dos cosas. Una: si es verdad que el tiro del cuello lo pudo pegar un ciego, el de la sien estaba demasiado bien puesto. El forense ya ha certificado, creo, que a la difunta le dispararon a siete u ocho metros de distancia. Bastaba con ver los agujeros. Y otra cosa: ni un solo balazo en la pared; una mejor y otra peor, pero dos dianas. Vale que nada impide que una mujer de sesenta años que se ha comprado el arma porque tenía miedo de vivir sola, pongamos por caso, tire como John Wayne, pero permítaseme que me extrañe. Dos: la chica estaba colgada y bien colgada. Los nudos estaban fuertes de cojones, y lo sé porque yo los tuve que soltar. Si lo hizo la sospechosa o simplemente una tía, es una hembra con la que habrá que tener cuidado, porque de un solo guantazo nos tumba a los dos.

Datos tan precisos no los había obtenido de la lectura de los rutinarios informes que los pretendidos especialistas habían compuesto. Creí que debía reconocerle la finura.

—No me alegro de tenerlo más difícil de lo que quiere mi comandante, pero me consuela ver que a alguien no se le ha quitado el hábito de pensar.

—No les culpes. Yo tengo tiempo. Soy un guardia de pueblo y por aquí sólo matan a una chica cada treinta años.

—De todos modos hay un detalle interesante respecto a la Bolzano —apunté.

—¿Cuál?

—Si era suya, poseía el arma ilegalmente. O bien la compró aquí, y no tenía permiso de armas español, o bien la compró en otro país y la pasó de contrabando.

—¿Y qué sacas de eso?

—Que no es una cagada.

—Bueno, quizá no. Pudo traerla de fuera y pasarla en barco, que es lo más fácil. Tampoco le daría yo mayor importancia. ¿Has ido a Canarias, sargento?

—Sí.

—¿Compraste algo?

—Un equipo de música.

—Un equipo de música es bastante más grande que un revólver, y estoy seguro de que no pagaste en la aduana.

—No es lo mismo.

—No. Meter un revólver del 22 en Mallorca es mucho menos arriesgado. No te digo que el hecho de que esa mujer tuviera un arma, si es que era suya, no signifique nada. Pero a mí no me quita el sueño. Vete a saber quién trajo el revólver. Lo mismo fue la víctima.

—Sólo faltaría.

Perelló soltó un bufido.

—La chica era un elemento, compañero. Los turistas que vienen aquí no son nada del otro mundo. Esto no tiene tanta reputación como otros sitios. Muchos de los que vienen son españoles y un buen pedazo de la propia isla. Gente poco moderna, como yo. Cuando puedas vete a la playa y lo compruebas. Pues la tía, con sus santas narices, se lo quitaba todo y se daba carreritas hasta el agua. Se hizo famosa en un par de días. Lamento que no la denunciaran, porque tal y como era muerta habría sido un gusto detenerla viva.

—Bañarse desnudo es un delito dudoso, mi brigada.

—Que la hubiera absuelto el juez. La cuestión es que cuando se destapaba de verdad era cuando iba por ahí. Una noche ligó en menos de media hora con dos macarras del pub. Cuando uno se creía que la tenía se largó con el otro y cuando los dos la iban a emprender a botellazos vieron que estaba sobando a una niña de diecisiete años. La echaron a puntapiés y ella se rompía de la risa. Tenemos otros testimonios de cosas parecidas, sin salir de la urbanización donde paraba. Te lo repito, Vila: la mató cualquiera. Una noche se equivocó de pareja y listo. Ahora te toca a ti pintarlo de verde. Pero si te compadezco no te voy a ayudar. Pide lo que sea y a la hora que sea. Para lo que necesites, aquí estamos.

—Gracias, mi brigada. Ya sabes que debo procurar ser

autosuficiente. Tomo nota del ofrecimiento, de todas formas.

Salimos al zaguán. Chamorro y Barreiro hablaban acerca de algo que al hombre le divertía mucho y que a mi subordinada apenas le torcía los labios en una sonrisa de compromiso.

—¿Cómo la trata el Cuerpo, Chamorro? Espero que la trate un poco mejor que al gallego —bromeó Perelló—. No me mire así. Sabe a qué Cuerpo me refiero, ¿no?

—Sí. No me quejo, mi brigada.

—Su sargento ya me ha dicho que es usted un cerebro. A ver si le pega algo al gallego. Tampoco mucho, no se nos vaya a desgraciar.

Barreiro había dejado de reírse. Mientras miraba al suelo, jugueteaba con el seguro del subfusil, exactamente del modo en que la página primera del manual del arma advierte que nunca se debe juguetear.

Antes de despedirnos, Perelló reiteró su disposición a colaborar en todo lo que hiciera falta y se dirigió especialmente a Chamorro.

—Si se encuentra en apuros, llame. Me dice quién es y suelto a Quintero. No lo conoce, es un cabestro de Córdoba que está ahora de servicio. Ya hemos conseguido cinco denuncias por malos tratos gracias a él. Ve mucha televisión y luego no distingue.

Mientras conducía hacia el chalet, intercambié impresiones con Chamorro.

—¿Qué se cuenta tu compañero?

Chamorro suspiró.

—¿Barreiro? Nada que no se contara antes. El brigada ha sido un poco duro, pero está acostumbrado. En la academia las pasó negras. Tiene el número cuatrocientos, o más. Los que hubiera. A los dos días ya le conocía todo el mundo.

—¿Sí?

—Trató de colarse en una compañía de chicas. El teniente coronel lo sacó de la formación delante de todos y nos dijo que si había otro que se creyera que aquello era *Movida en la universidad* que fuera aprendiendo. A Barreiro le costó ochocientas o novecientas flexiones, cien vueltas al patio y un apercibimiento de expulsión. Cuando terminamos pidió ir al Norte, para hacer méritos, o por el dinero, pero no se lo dieron.

—¿Y qué te ha dicho de nuestro asunto?

—Que la chica estaba buenísima y que debió de ser la mujer mayor porque él encontró el revólver con sus huellas.

—Glorioso. ¿Nada más?

—Se ha entretenido contándome los escándalos que ella organizaba en la playa. Se le caía la baba y supongo que habría dado un año de vida por verlo. Nada que no nos hubiera dicho ya el comandante.

—¿Y Satrústegui?

—No ha hablado mucho. Escuchaba como si no se fiara. Ni de Barreiro ni de mí.

—No te dejes influir por eso. Cuando tú y yo hagamos lo que ellos no pueden hacer te respetarán.

Chamorro se quedó pensativa.

—Ya llevo un año intentando conseguir que me respeten —habló al fin, con pesadumbre—, y no me ha salido demasiado bien hasta el momento.

Ahora se suponía que yo tenía que animarla. No soy un desalmado, ni un machista empedernido, ni siquiera me importa que la gente se me muestre débil, siempre que no lo convierta en un deporte. Pero siempre he actuado solo, antes y después de meterme a militar y policía, dentro y fuera de mi trabajo. No creo que nadie tenga ninguna compañía para lo fundamental y me molesta que se me ponga en la tesitura de apoyar o enfrentar una corriente colectiva. En buena medida, aliviar a Chamorro de las dificultades de su sexo era implicarme en una batalla enojosa, tonta e inútil, en torno a algo que apenas me estimula. Muchos de mis compañeros estaban en contra de que permitieran a las mujeres ingresar en el Cuerpo. A otros les gustaba que su pareja de patrulla se llamara Mónica y oliera a otro tipo de colonia. Yo no busco mujeres en el puchero del que como y no taso en más o en menos a un amigo o a un enemigo por la postura en que orina. En aquella circunstancia eso me hacía partidario de nadie y beneficiario de nada. No obstante, le dije a Chamorro:

—Eres lista y trabajas desde el principio con la cabeza. Cuando Zaplana llevaba once meses sólo sabía desfilar y pegar taconazos. Si él es comandante tú puedes ser capitán general. Sólo hace falta que no te tengas lástima antes de tiempo.

—¿Puedo hacer una pregunta, mi sargento?

—Más de una, si te place.

Chamorro eligió las palabras:

—¿Solicitó usted, quiero decir, fue su iniciativa que yo le acompañara para este caso?

—No —contesté, rápido.

—Ya veo.

—No, no ves —la corregí—. Primero: no me gusta ir acompañado. Una manía o lo que quieras. Segundo: ahora que voy viendo cómo está esto, creo que al margen de lo que a mí me apetezca, no es malo que haya una chica en el equipo investigador. Tercero: yo prefería a Salgado, porque al primer golpe tiene más gancho que tú y porque ha trabajado más. Cuarto y último: Pereira quería darte una oportunidad, y si yo llevara su estrella en el hombro habría hecho exactamente lo mismo, porque no tienes por qué dar peor resultado que tu compañera y si no te dejan nunca vas a demostrarlo. Y eso es todo lo que hay que ver al respecto. Podrás acusarme de otra cosa, pero no de que no te lo expuse con franqueza.

—Desde luego.

—También te conviene saber que mientras estés conmigo el que se meta con lo que haces o con cómo lo haces me está escupiendo a la cara. Te aseguro que cuando me escupen a la cara no tengo piedad, hasta donde puedo permitírmelo. Creo que eso resume tu situación actual, frente a mí y frente a los otros.

—Entendido, mi sargento. No volveré a hablar del tema.

Hubo un breve rato de silencio. Deduje que Chamorro tenía el apoyo que necesitaba y que una vez más me las había arreglado para cumplir con mi deber sin necesidad de mentir demasiado. Cuando un hombre tiene que abusar de la mentira para cumplir con su deber puede estar seguro de que anda equivocado de verdad o de deber.

Ya discurríamos por las primeras casas de la urbanización. La orografía del terreno la componían una serie de colinas no demasiado pronunciadas que se sucedían hacia el mar. Salpicando las colinas, con una densidad variable, había chalets blancos y casas de color arena, siempre con ventanas verdes. Las calles estaban en relativo mal estado y las edificaciones, salvo algunas excepciones, tampoco ofrecían un aspecto excesivamente boyante. Todo tenía aspecto de haber sido construido hacía treinta años. Al fondo las colinas morían en los acantilados que daban al mar. Entre estos acantilados se abría una depresión en cuyo fondo se dejaba adivinar una de las calas, o sea, la playa. Interrumpiendo mi examen, Chamorro reanudó la conversación:

—¿Y qué le ha dicho el brigada? Si puedo saberlo.

—Claro que puedes. Y merece la pena que estés al corriente. Perelló es un tipo largo, y tiene ideas.

—¿Qué ideas?

—Que no fue Regina.

—¿Por qué?

Le resumí.

—¿Y qué vamos a hacer? —preguntó.

—Nuestro trabajo. Empezamos como si nada, y a ver hacia dónde se tuerce. La casa que nos han alquilado está en la misma calle que la del crimen. He quedado con Perelló en ir a visitarla mañana temprano, cuando no nos vea nadie. Hoy tenemos todo el día por delante. Vamos a la playa, comemos en el restaurante, nos echamos la siesta y por la noche nos damos una vuelta por el pub de la urbanización y luego nos alargamos hasta Abracadabra. Eso es todo lo que puedo planear hasta aquí. Luego, Dios dirá, y por si habías pensado que soy como Pereira, se admiten sugerencias de las guardias segundas. Para empezar, no vuelvas a tratarme de usted. O nos ponemos de una vez o vas a decirme *mi sargento* cuando me pidas el bronceador.

—Como quieras.

Chamorro se había soltado el pelo. Llevaba la ventanilla abierta y su media melena ondeaba al aire. No pretenderé que parecía una estrella del pop, pero al menos dejaba de recordar a una institutriz. Algunos de sus gestos, incluso, tenían un aire de insinuada y sorprendente sensualidad. Por ejemplo: se mordisqueaba el meñique de la mano derecha y al hacerlo dejaba, calculé que por inadvertencia, que le asomara la punta de la lengua entre los dientes. El verano obra un extraño efecto sobre las personas. Como si al desmantelar el envoltorio indumentario con que se parapetan durante el invierno se desmantelara también un poco la cáscara moral. Debajo de ella Chamorro, a pesar de sus rubores o su circunspección, y a despecho del aparato de convenciones que a ella le había puesto encima un uniforme de servidora del orden y a la asesinada le afeaba las costumbres, era más semejante que opuesta a Eva Heydrich, infortunada seductora de ginecólogas maduras, bañistas, macarras y púberes despistadas.

Entonces intuí que mi ayudante no iba a ser incapaz de comprender a la víctima y al criminal, y desde ese momento empecé a admitir que era posible que llegara efectivamente a ayudarme a resolver aquel revoltijo del que en mala hora me habían hecho responsable.

Capítulo 5
DEMASIADA FRIALDAD

Una vez que hubimos tomado posesión del chalet, Chamorro del dormitorio de matrimonio y yo de otro más pequeño con una especie de camastro, para que no se dijera que me prevalía de mis galones, nos dispusimos a ir a la playa. Desde la terraza se disfrutaba de una buena vista de la cala, tan buena que me preguntaba cómo se las había arreglado Zaplana para alquilarlo en pleno agosto. Como eso no era cosa que debiera preocuparme, asumí mi extrañeza y cambié de entretenimiento.

Mientras esperaba a que Chamorro se cambiara eché un vistazo a la disposición de las casas en aquella calle. Estaban lo suficientemente retiradas como para que no se oyera roncar a los vecinos, pero quizá no tanto como para no escuchar un tiro en mitad de la noche. En todo caso, no lo bastante como para no oír dos tiros. De acuerdo con las investigaciones, nadie había oído nada. La noche de los hechos había fiestas en la urbanización (es decir, durante todo agosto había fiestas en la urbanización, de tal o cual de las diversas urbanizaciones más pequeñas que la componían) y en el programa se incluían una exhibición de fuegos y el concierto de un grupo de popurrís, con contundente aparato megafónico. Sin embargo, aquella calle estaba relativamente alejada de la zona en que se situaba la verbena. Un revólver del 22 no arma tanto ruido como un obús, pero sin nada que la amortigüe, la detonación se hace notar bastante.

Al día siguiente podríamos examinar la casa. Me interesaba conocer la disposición de las distintas habitaciones, desde la que presumiblemente había sido escenario de los disparos hasta el salón en que Eva había aparecido colgada. Acababa de ocurrírseme que no era del todo desaconsejable tratar de averiguar si cabía alguna posibilidad de que el crimen no hubiera ocurrido donde todos creíamos, esto es, si el viaje de la muerta no habría sido un poco más largo.

En ésas andaba cuando Chamorro vino de cambiarse y me asombró. En algún momento de ocio o frivolidad la había imaginado con un bañador azul marino de escote recto, o quizá sea más apropiado decir sin escote, de esos que llevan las mujeres en las imágenes de los años treinta, salvando acaso las perneras, que se han convertido en un detalle de moda y por tanto de presunción. Pero ahora la tenía ante mí con un biquini muy escueto de tirantes casi invisibles y con unos tejanos cortados a la altura de la ingle.

—Estoy lista —dijo, como si nada.

Estaba algo blanca, pero tenía un tipo espléndido y se le notaba el ejercicio. Aunque seguramente la ostentación de suaves formas musculares por las mujeres es una corrupción lamentable de los patrones estéticos clásicos, uno está ya tan hecho a que le bombardeen con ese ideal en los anuncios de yogur y otras sustancias saludables, que le resulta difícil reprimir una involuntaria admiración cuando se encuentra ante una realización tan ejemplar como la que la guardia segunda Chamorro suponía. En todos los meses que hacía que la conocía, ni remotamente habría podido sospechar que bajo el uniforme o el atuendo civil de Chamorro se escondía un amago casi completo de *top model*, o sea, un arcángel de la modernidad.

—¿Ocurre algo?

Entonces reparé en que llevaba diez o quince segundos mirándola sin decir nada. Esto en sí no es que me pareciera indigno. Tan desviado es valorar a una inferior por la firmeza de sus nalgas como obligarse a ignorar que algunas nalgas son mejores que otras. El caso es que Chamorro podía sentirse incómoda y que yo no había ido allí para infringir mi primera regla soñando con los placeres que mi subordinada era susceptible de provocar.

—Nada, estaba distraído.

—¿Te parece mal, la ropa? Tuve que hacer la maleta deprisa. Cogí lo primero que había.

—Está bien, Chamorro. Cómo diría, audaz.

Chamorro bajó la cabeza.

—En serio, mujer —insistí—. Y perdona.

—¿Por qué?

—Por la distracción. ¿Te parece que yo doy aspecto de turista?

Chamorro no apresuró su juicio.

—El bañador es de los que se llevaban hace cinco o seis años —se franqueó al fin.

—¿Tanto? —dudé.

—Por lo menos. El color no está mal. Un poco llamativo.

El calificativo era piadoso para con mi bañador fucsia, estampado. Me llegaba hasta las rodillas y su larga o excesiva utilización tenía mucho que ver con el hecho de que ningún otro cedía como él a la lenta, aún moderada, pero ya inexorable expansión de mi abdomen. Una de las miserias que uno no prevé adecuadamente cuando tiene veinte años y piensa que siempre va a seguir impune.

La playa ofrecía espacio suficiente para que se solazaran unas ciento cincuenta o doscientas personas. Si se tiene en cuenta que el concesionario del chiringuito, que según supimos pronto era también el de las tumbonas y el de los velomares, ocupaba con sus tres industrias unas tres cuartas partes del terreno disponible, y se considera que en la playa había no menos de trescientas personas, se obtendrá una idea aproximada del grado de hacinamiento en que se amontonaban los bañistas, sobre todo los que rehusaban o se resistían a satisfacer el astronómico alquiler de una tumbona. Otro día podíamos detraer de los fondos que se nos habían asignado la correspondiente suma para pulsar aquel ambiente de privilegiados y en su mayoría extranjeros. Aquella primera mañana, nos mezclamos con los que yacían sobre la arena sin otra mediación que la esterilla, a duras penas encajada en el *puzzle* de esterillas en que se convertía la franja de playa residual.

Chamorro fue a bañarse casi inmediatamente, siguiendo mis instrucciones. Cuando se quitó el pantaloncito me obligué a una dura disciplina cerebral para permanecer indiferente, y lo conseguí, aunque capté alguna fisura en mi impasibilidad cuando la vi encaminarse hacia el agua, obligada a ondular las caderas por razones de fuerza mayor, la de la arena que se hundía bajo sus pasos. Ya lo iría encajando, aunque fuera verano y mi lado animal estuviera menos controlado que de costumbre. Siempre he creído que un policía puede y en parte debe sentirse seducido por una criminal, si en el último momento se las arregla para insultarla como Sam Spade a Brigid O'Shaughnessy al final de *El halcón maltés*, a ser posible con la misma cara que Humphrey Bogart. Pero sentirse seducido por una compañera, dejando aparte otras infracciones, constituye una dispersión mental incalculablemente perniciosa. El torero sólo debe pensar en el toro, y no dejar de hacerlo ni una décima de segundo, porque en esa décima aguarda agazapado el error, o sea, el cuerno.

Cinco minutos más tarde Chamorro ya había trabado una conversación en el agua, con otra chica de su edad, y yo recordé que me pagaban por hacer algo más que ponerme moreno.

La fortuna o mi indolencia quiso que al poco tiempo de explorar otras alternativas más laboriosas, de un grupo contiguo a mi posición me llegaran, más o menos, estas palabras:

—Te digo que era ella. Venía la foto en el periódico y es clavada. Y la descripción que dan de la señora mayor lo mismo.

Era una voz femenina. Volví la cabeza y vi a un par de chicos y un par de chicas de veintipocos años. La que hablaba era una delgadita de ojos verdes y se apoyaba con una nerviosa agitación de manos. Uno de los chicos, que lucía una repugnante barba de desidia veraniega, asentía, y el otro parecía escéptico. La otra chica, una morena taciturna, se mantenía neutral.

—No las vimos bien, estaban lejos —objetó el escéptico.

—No todos somos miopes —precisó el de la barba.

—Vale, cabrón, apúntate una.

El que se negaba a admitir la coincidencia con la fotografía del periódico era, en efecto, ostensiblemente corto de vista. Más en la playa, donde no llevaba gafas ni podía disimularlo con lentillas.

—¿No hablaréis de la chica que mataron hace unos días? —me entrometí. Los cuatro quedaron en silencio y añadí—: Llevo un par de días aquí y todos hablan de lo mismo. ¿La conocíais?

—Paula cree que sí —se desentendió el escéptico.

—Y yo —intervino el de la barba—. Venían a esta playa. La chica y la que dicen que la mató.

—La señora con la que vivía —apostilló la de los ojos verdes, Paula.

Ya sabía quiénes iban a darme la información, o eso creí, así que me desentendí de la morena y del miope. Dirigiéndome a los otros, inquirí con el interés más mezquino que pude representar:

—Oye, ¿y es verdad que las dos estaban...?

—Fijo —aseguró el de la barba—. Estábamos diciendo que vimos aquí una pelea de enamoradas.

—¿Ah, sí?

—Estaba bastante claro —opinó Paula.

—Os lo guisáis y os lo coméis —terció el escéptico, sin énfasis—. Podía ser cualquier cosa.

—A ver qué opinas tú —me propuso el de la barba—. Durante una hora estuvieron las dos hablando en sus hamacas, debajo de la sombrilla. A decir verdad la que hablaba era la vieja. La otra hojeaba una revista y tenía una cara de fastidio impresionante. Parecía una francesa de ésas de la Costa Azul, con todo el pelo recogido arriba y unas gafas de sol enormes. Era como una princesa, no miraba a nadie.

—No como tú, mirando lo que no era asunto tuyo —abrió la boca por primera vez la morena.

—Yo y toda la playa —aceptó el de la barba—. Era una tía de las de película, con un par de...

—Ya se lo imagina —volvió a interrumpirle la morena.

—No creo que se lo imagine. Demasiado para llevarlo al aire. Y luego blanca como una pared. Parecía un fantasma, casi daba miedo. A su lado la otra era un guiñapo, despeinada y con una especie de bata descolorida.

Al de la barba no había que provocarle demasiado. Estaba contando el acontecimiento de aquel verano, o de todos los veranos que le había sido dado vivir. Si la morena era su novia, o lo que fuera, la entendía. Su presencia futura iba a ser una sombra tenue al lado del poderoso recuerdo de la malograda Heydrich. Le dejé seguir:

—Bueno, pues al cabo de un rato en ese plan, y cuando ya la vieja empieza a ponerse pesada y a hacer como que le quita la revista y a pedirle que la mire, la tía va y la mira. Para caerse de culo. La vieja se queda literalmente helada, con la boca abierta. Entonces la princesa, sin decirle nada, se levanta, se quita las gafas, tira la revista y se va hacia el mar. Si hubiera habido música mientras andaba, habría sido un videoclip.

—Traed un cubo para las babas —pidió la morena.

—Vamos, mujer. Todos se la comían con los ojos, no sólo éste —le excusó Paula—. Y las mujeres no la perdían de vista, tampoco. Es verdad que llamaba la atención.

—Según llegó al agua —continuó el de la barba— se agachó y se echó a nadar. Nadaba de fábula, con unos brazos largos como serpientes, si es que hay serpientes blancas. Al cabo de un par de minutos había nadado hasta aquella cueva que se ve un poco antes de la salida de la cala. Allí se recostó a tomar el sol.

—Y en seguida —le relevó Paula— la mujer mayor se acercó a la orilla y empezó a llamarla. En cuanto la otra vio que le hacía gestos, se tumbó mirando hacia mar abierto. La mujer mayor daba pena. Estuvo lo menos media hora en la orilla, pendiente de que la joven se volviera. Cuando la otra giraba un poco el cuello para ver si seguía allí, y era difícil darse cuenta, porque estaba un rato lejos, empezaba a llamarla otra vez. No paraba de mirar el reloj, estaba como desesperada. Hasta se ponía en puntillas, con la mano en la frente, como si eso la ayudara a ver más lejos y mejor. Pero la joven ni se inmutó. La mujer mayor terminó por rendirse y regresó hacia la hamaca. Allí estuvo otro rato, siempre mirando hacia el mar y pendiente del más mínimo movimiento de la otra. Como era tan blanca resaltaba mucho sobre la roca de la cueva.

—Al final —volvió a la carga el de la barba—, la vieja se largó, completamente cabreada, dejando a la princesa tendida en las rocas con el mar de por medio. Para mí que no sabía nadar y que la otra se fue hasta allí para hacerla rabiar y quedar fuera de su alcance.

—La vieja no estaba cabreada, sino triste, que es muy distinto —rectificó Paula, meticulosa.

—¿Por qué triste y no cabreada? —pregunté, porque aquel matiz se me figuraba relevante.

—No recogió las cosas con rabia, ni tuvo un mal gesto. Todo lo hizo despacio y antes de irse, ya de pie, se quedó todavía un poco mirando hacia donde estaba la joven. Luego se marchó con la cabeza gacha. Cuando alguien está cabreado no va con la cabeza gacha.

—Para mí que estaba cabreada —porfió el de la barba.

—¿Por qué? —le di su oportunidad.

—La otra se la había jugado, no le había hecho ni puto caso, se estaba riendo de ella descaradamente.

—¿Y?

—Pues eso. Que es para cabrearse.

—Ah.

—La joven, la que han matado, no volvió de la cueva hasta un rato después, cuando ya estaba segura de que la mujer mayor se había ido —añadió Paula.

—Y entonces no te imaginas lo que pasó —se desperezó el escéptico, con un brillo súbito en sus ojos miopes.

—Pues no.

—Cuando salió del agua la tía llevaba la braga del biquini en la mano. Un escándalo de tres pares de huevos.

—Más babas —mascullo la morena—. Nunca habías visto uno, ¿eh?

—Uno así no.

—Hace falta ser capullo.

—Hubo una gorda que la llamó puta, así, alto y claro —declaró el de la barba—. Pero ella, como si nada, y no creo que fuera porque no entendía el idioma, que no hacía falta entenderlo. Atravesó toda la playa hasta su hamaca y se secó sin darse prisa. Después se puso las gafas, se echó encima un vestido y buenas tardes. Importándole un bledo todo.

—¿Creéis que la mató la vieja?

—Seguro —apostó el de la barba.

—Yo no estaría tan segura —vaciló Paula.

—Si eran ellas, a mí no me extraña —se ablandó el escéptico.

—Demasiada frialdad. Eso fue —murmuró la morena, misteriosa.

—¿Qué?

—Era tan fría que parecía que estaba ya muerta —explicó—. Qué más da quién le disparó. Se lo debió de buscar ella misma.

Siempre he tenido mayor fe en la inteligencia femenina y me han atraído las mujeres taciturnas. A los dos muchachos les debía la historia, poco más. A Paula y a la morena, un par de trozos probables de la verdad, quizá incluso algo más que eso. Alargué la charla para camuflar un poco mi verdadera intención y a continuación me separé de ellos y me fui hacia la orilla.

Chamorro, que se había percatado de que yo había establecido un contacto de apariencia fructífera, no había regresado al lugar donde habíamos colocado nuestros accesorios playeros. Entre baño y baño había estado tomando el sol en las rocas más cercanas, tanteando a posibles testigos que invariablemente eran mujeres más o menos de su misma edad. Era cierto que ésa era la elección más sencilla, pero tal vez resultaba también adecuada. Después de lo que acababa de escuchar, parecía evidente que Eva dejaba rastros más ricos y profundos en las personas de su propio sexo.

Cuando estuve en el agua, mi ayudante vino a mi encuentro.

—Has estado un buen rato con esa gente —dijo—. ¿Algo que merezca el esfuerzo?

—Esfuerzo ninguno. Ha sido como el tao. Quien no busca, encuentra, ya sabes.

—¿El tao?

—Déjalo, es igual. Luego te cuento. Aprovechemos todavía la hora que nos queda hasta la comida. Luego cambiamos impresiones.

Nos separamos otra vez. Cuando nos reunimos y regresamos al chalet, hicimos inventario. Con mucho, lo más jugoso era la historia que me habían contado a mí. Chamorro había obtenido una exhaustiva certificación de la huella turbia y escandalosa que el paso de Eva había dejado en la colonia de veraneantes. Nadie la recordaba en compañía de Regina, aparte de Paula y sus amigos. Podíamos deducir que el incidente que me habían relatado era relativamente excepcional. En cuanto a la fecha del incidente, las indicaciones que pude obtener antes de despedirme de ellos lo situaban en momento tan temprano como dos o tres días después de la llegada de Eva a la isla, según el resto de nuestros datos. Las otras apariciones de la difunta en la playa, a las que mis confidentes no habían asistido por hallarse de excursión en la otra punta de la isla, se concentraban en los dos días siguientes. Después de eso, había relativa unanimidad entre personas que se consideraban asiduas en negar que Eva hubiera vuelto a pasear sus desnudos encantos por aquella playa. Todo coincidía con lo que nos habían transmitido nuestros compañeros, pero la cronología podía establecerse de forma más precisa.

Chamorro había conseguido información sobre algunos detalles concretos que, si bien no eran decisivos, arrojaban alguna luz sobre la personalidad de la víctima. Alguien la había visto nadar casi medio kilómetro fuera de la cala, un día en que el mar no estaba totalmente apacible. Otra persona refirió cómo había socorrido a un niño pequeño que había perdido el flotador. El padre había acudido en seguida y Eva se le había quedado observando de una forma inusual. Fue su único acercamiento a otro ser humano del que obtuvimos noticia. En el chiringuito, la mujer que ayudaba al dueño, aparte de confirmar con su singular conocimiento de todo lo que allí sucedía las fechas y otras circunstancias, le contó que la difunta se expresaba indistintamente en alemán y en italiano, aunque hablaba un italiano un poco extraño y la mujer del chiringuito, habituada al trato con extranjeros, se entendía mejor con ella en alemán. El primer día Eva había pedido algo que por lo que me dijo Chamorro que la del chiringuito le había dicho, debía ser un *gin-fizz*. Después de que comprendiera que aquello no era un tenderete caribeño y que el arte del cóctel excedía con mucho las posibilidades de aquel establecimiento, había pedido invariablemente ginebra sola con mucho hielo. Nunca había comido nada.

Por mi parte, malgasté un buen pedazo del resto de la mañana haciéndome baldar en un partido de voley-playa, en el que coincidí con cuatro o cinco tipos que habían visto a Eva y que me describieron con fervor aspectos de su anatomía que el forense no recordaría con mayor lujo de detalles. Ninguno había pasado del onanismo visual y pude y debí archivar sus testimonios sin más trámite.

Cuando íbamos hacia el restaurante, después de que yo le hiciera un resumen de mis pesquisas, Chamorro me sondeó:

—¿A ti te parece que era tan irresistible?

—No sé. Sólo la he visto muerta.

—Bueno, aun así.

No sabía qué perseguía Chamorro y tendría que haberme callado, pero no lo hice.

—Era guapa, muy guapa —confesé—. Pero tenía algo que pone los pelos de punta. En las fotos creí que era el que estuviese muerta, los dos balazos o el abandono del cuerpo. Puede que no fuera nada de eso.

Capítulo 6
MEJOR LAS ESTRELLAS

El mejor restaurante de la urbanización, que resultaba ser también el único, no ofrecía una excesiva variedad en su grasienta carta. Los precios se sujetaban con dificultad en la cima de unas montañitas de líquido corrector blanco que atestiguaban el veloz avance de la inflación, y bajo cuyos diferentes estratos aún se atisbaba el rastro de cifras paulatinamente inferiores y ya felizmente olvidadas por el propietario. Yo pedí gazpacho y algo de pescado y Chamorro sólo un segundo plato, chuletitas de cordero o alguna otra gollería, porque recuerdo que no me encajó con su supuesto ascetismo.

Comoquiera que debimos aguardar cuarenta y cinco minutos antes de que mi gazpacho, sin duda un prolijo destilado de múltiples esencias, aterrizara sobre la mesa, tuvimos cierto tiempo para saborear los aperitivos. En nuestras inmediaciones sólo había ingleses, y es de sobra sabido que los ingleses tienen de tal forma atrofiado el cerebro y el aparato fonador que son incapaces de hablar y entender otra lengua que no sea la suya. Así que nos expresamos con toda libertad, sin cuidarnos más que de las esporádicas apariciones de los camareros.

—Parece que de esa playa no sacaremos en claro mucho más de lo que hemos sacado esta mañana —aposté.

—Si no lo he calculado mal, entre el último día que Eva fue a esa playa y el de su muerte hubo exactamente una semana —precisó Chamorro—. Mucho tiempo para ella.

—Y entre la pelea con Regina y el presunto asesinato por celos, diez días. Mucho tiempo para estarlo pensando. Porque esa pelea nos ha permitido descubrir que ya diez días antes de que Eva fuera eliminada, y justo al poco de llegar, sus relaciones no eran un lecho de rosas. ¿Tan corto fue el hechizo? No parece que haya habido mucho hechizo nunca, al menos por un lado. Y aún me atrevo a suponer más.

—Qué.

—Los problemas los arrastraban de antes. De antes de que Eva viniera a la isla. No ligó con Regina en Abracadabra: la conocía de por ahí, de Italia o de Austria o de Suiza, y vino a verla. A lo mejor con el propósito preconcebido de humillarla, quizá sólo por aburrimiento, si la Heydrich era como parece. Y si no se trataba de la primera humillación, que me lo creería por la forma en que Regina tragaba, qué puede hacernos pensar que esta vez la respuesta fue la que no había sido en otras ocasiones.

—No sé. Pudo ser la gota que colmó el vaso.

—Puede. Pero también puede, y lo mismo puede más, que Regina tuviera un vaso demasiado grande para colmarlo. Le pega. Cuando un joven o una joven rinden a un viejo o a una vieja se enteran pronto de que pueden apretar hasta que se cansen. A ellos les queda tiempo para rehacer el quiosco en otra parte. Al viejo o a la vieja, no.

—O sea que estamos como al principio —resumió Chamorro.

—Si pasan muchos días y seguimos estando como al principio, pero cada vez con más piezas encima de la mesa, es buena señal. Cuando las montemos fallaremos menos.

—No tenemos mucho tiempo.

—Tenemos suficiente. Y el día todavía no ha acabado. Imagino que avanzaremos más esta noche.

—¿Y mientras tanto?

—Mientras tanto, comemos, vemos qué saben los camareros de aquí y nos echamos una siestecita. Esta noche hay que estar con la cabeza fresca. Así que aprovecha para relajarte. No se llega antes ni más lejos por estar todo el rato con los dientes apretados.

Chamorro asintió en silencio. Cuando se le ordenaba algo que chocaba con su escrupulosa visión de las cosas, se le notaba demasiado. En tales circunstancias asumía su deber de obediencia como una penitencia que el Altísimo le imponía en el ejercicio de sus célebres designios inescrutables.

—Ya llevamos doce horas juntos y todavía no hemos hecho más que hablar del trabajo —dije, por intentar ablandarla—. Si estamos muchos días así vamos a acabar para que nos internen. Hay que concederse alguna válvula de escape. ¿No crees?

Chamorro meditó antes de hablar, porque aquél era un terreno en el que la precaria seguridad que había ido construyéndose para manejarse en cuestiones oficiales podía desfallecer.

—Cada uno tiene su manera —repuso, enigmática.

—¿Y cuál es la tuya, Chamorro?

—Estudio.

—¿Se puede saber qué? —pregunté, dando por sentado que sería el temario para ingresar en el curso de ascenso a sargento, o quizá incluso en la academia de oficiales, si es que no había renunciado.

—Matemáticas.

—Vaya. ¿Te gustan los números?

—Me gustan las estrellas —reveló, sonrojándose—. Desde pequeña. Astronomía es una especialidad de Matemáticas. La gente no suele saberlo.

—¿De veras? Nunca pensé que tuviera que ver.

—Tiene mucho que ver.

Chamorro no descendió a explicarme qué era lo que tenía que ver, y me habría ayudado, porque estaba atónito.

No porque Chamorro abrigara inquietudes o porque fuera universitaria. Hace veinte años habría podido extrañar que un guardia fuera universitario. Pero yo soy universitario, y como yo varias decenas de miles de muertos de hambre que se encuentran en mala posición para desdeñar el sueldo magro pero digno que el Cuerpo paga a sus sufridos miembros. Lo que me costaba imaginar era a Chamorro asomada a la ventana de su piso identificando constelaciones.

—¿Y qué harás cuando termines?

—Todavía tardaré bastante tiempo. No puedo ir regularmente a clase.

—Tarde o temprano, terminarás.

—Ya veré entonces. Colgaré el título en la pared y me regalaré un telescopio decente, si he podido ahorrar.

—¿Nada más?

—Lo hago porque me gusta. Es muy difícil trabajar como astrónomo. —Y con un deje de algo que podía ser despecho, agregó—: En realidad es difícil trabajar en lo que una quiere.

—¿No te gusta ser guardia?

Chamorro sonrió.

—Si dijera que era lo que estaba soñando toda mi vida te reirías.

—No te pregunto si lo soñabas, sino si te gusta.

—Me gusta la vida militar. Eso ya lo sabes, porque si no lo sabes es que eres el primero que me encuentro en la Unidad que no está al corriente de que me suspendieron en la academia de oficiales. En las academias, para ser más exactos. Ser guardia era una forma de ser militar. Y sobre todo, de no quedarme en casa llorando por no haber podido sacar nada.

—Todavía puedes hacer carrera. Preséntate para suboficial. Lo tendrías chupado. Eres despierta y disciplinada. Ya es más de lo que era yo. Y luego te haces oficial. Es una forma de llegar a donde quieres, aunque sea por el camino largo.

—Ya se me ha ocurrido. Y a lo mejor lo hago algún día. Pero ahora que ya me gano la vida quiero pararme a pensar sobre mi futuro. Para eso me inspiran mejor las estrellas. Y a ti, ¿te gusta ser lo que eres?

Semejante reacción de Chamorro, que entrañaba a la vez una súbita confianza conmigo y una defensa intrépida frente a mi indiscreto interrogatorio, me cogió desprevenido. La verdad era que me situaba en una incómoda disyuntiva, porque si quería mantener la distancia, o sea, la autoridad, tenía que esforzarme por construir el maldito discurso hueco que en aquel momento, y en todos los demás momentos, tan lejano quedaba de mis íntimas apetencias. Si me sinceraba con ella, podía resquebrajarse la imagen mítica del jefe, en la medida en que hubiera sido capaz de representarla ante mi subordinada. Decidí que el fingimiento es el recurso de los cobardes y de los que no tienen fe en sí mismos y opté por lo que también se me antojó más placentero, hablarle con sinceridad.

—Ahora me gusta más que antes —dije—. Yo fui a la facultad antes que a la academia. Al principio esto de los guardias me parecía un mal invento, un refugio para borregos. Llevé bastante mal lo de la instrucción y tener que saltar por encima de una ristra de fusiles con la bayoneta puesta. En confianza, me temí que iba a pasarme el resto de mi existencia rodeado de gilipollas. Lo bueno era que comía y que seguiría comiendo. Durante mis dos heroicos y triunfales años como Licenciado en Psicología en paro hubo alguna noche que me costó juntar para la cena y alguna otra que no junté y me sometí a la vergüenza de acudir a implorar las migas de la mesa materna. Y siempre he preferido poder dármelas de independiente, como cualquiera.

—Vamos, que no estás aquí por vocación.

—Estoy aquí porque una tarde me di cuenta de que tenía veinticinco años y de que o bien tomaba alguna medida o bien me iba a pudrir en un agujero mientras me comía página a página la *Psicopatología de la vida cotidiana.*

Yo nunca he ido a unos ejercicios espirituales y no se me ocurría una imagen peor del infierno, aunque no descarto que las haya. El caso es que compré los temarios y salí a correr todos los días hasta que hice la marca mínima de los cien y la del kilómetro y las flexiones y los saltos de altura y de longitud. Me presenté al examen de ingreso y hasta aquí.

—¿Y piensas lo mismo que al principio? Sobre los borregos.

—Bien, como te iba contando, ése fue el comienzo. Nada satisfactorio, por más que tener domiciliada una nómina embote un tanto el sentido crítico. Poco a poco, sin embargo, me fui acostumbrando. Hasta que un día me di cuenta de que le había resuelto un problema a un hombre y el hombre me dio las gracias como si de veras me respetara. Entonces recapacité y me dije que a lo mejor setenta mil individuos no eran todos tan infelices como a mí me había parecido y que debajo del uniforme verde había posibilidades. Me entró el entusiasmo, que es algo que te asalta de forma imprevista cuando llevas meses y meses de desesperación, y antes de que pudiera reaccionar me había hecho sargento. Luego empecé a ocuparme de aclarar homicidios. Y ahí fue donde supe que Jung era un aficionado y comprendí que había encontrado mi lugar en el mundo.

—¿Quién es Jung?

—Ahora nadie. Antes escribía y enseñaba psicoanálisis y otras aproximaciones parciales a la naturaleza humana. Lo que verdaderamente da la medida de alguien, a veces con una simplicidad espantosa, es lo que le lleva a quitarle la vida a otro alguien. —Antes de seguir, me cercioré de que Chamorro no me contemplaba como si yo fuera un alienado; estaba un poco descolocada, pero nada más—. Es una ciencia inagotable, aunque muchas veces dé la sensación de que las historias se repiten. Ninguna historia es igual que otra. Yo he cazado a gente que mató por dinero, por celos, por venganza, hasta por una linde dudosa. Todos y cada uno de ellos me han enseñado algo. Cada uno era un ejemplo diferente de soberbia.

—¿De soberbia?

—Por supuesto. Todos los homicidas, salvo los involuntarios o preterintencionales, que igual que al Código Penal, a mí me interesan atenuadamente, son soberbios y obran por orgullo. El homicidio es el acto máximo de afirmación de un sujeto sobre otro. Hasta el extremo de impedir que el otro pueda volver a afirmarse no ya ante el homicida, sino ante nada en absoluto. Los caníbales se comían o se comen a sus enemigos vencidos para apropiarse de sus almas. El homicida se apropia de todas las posibilidades de vida que tenía su víctima y en un instante les da el destino que prueba para siempre su poder: destruirlas. Lo increíble es que semejante desmesura esté al alcance de cualquiera. Del tonto del pueblo, del tipo que te vende pañuelos en el semáforo, del desgraciado al que le robaste la novia.

—Yo creo que para matar a otro hay que estar loco —juzgó Chamorro, con piadoso horror.

—No se te ocurra volver a decir eso, y menos a un juez o a un asesino. Al juez le estarás condenando al desempleo, ya que podría prescindirse de él en beneficio del psiquiatra. Y al asesino, sencillamente, le estarás insultando. No es infrecuente que el que ha matado pretenda estar loco, porque la cárcel da miedo y también la sociedad y sus tabúes. Pero en su fuero interno, tal vez por debajo de la superficie de su conciencia, disfruta con la supresión de su víctima, y no como un acto de enajenación, sino como un habilidoso triunfo. Hay excepciones, claro, pero no tantas como se suele pensar.

—Tienes una visión terrible.

—Puede ser. Ah, no puedo creerlo.

—Qué.

—El gazpacho.

El camarero dejó ante mí lo que parecía ser un cuenco de gazpacho ordinario, a pesar de su interminable proceso de elaboración. Cuando lo saboreé confirmé mi impresión visual y añado que le sobraba desagradablemente cebolla.

Mientras yo atacaba con resignación la sopa fría, Chamorro formuló un espinoso interrogante, al que debía de haberla arrojado nuestra conversación:

—¿Por qué lo haces?

—El qué.

—Cazarlos. A los asesinos.

—Por orgullo. Por imponerme yo a ellos —bromeé, o quizá no.

—En serio.

—Soy una parte del juego. Cierro el círculo, ayudo a que resulte grave. Si no hubiera gente que hiciera lo que yo hago, se mataría por simple placer. Y eso es una frivolidad intolerable.

—¿Nunca has atrapado a nadie que matara por simple placer?

—Sí. Pero coger a esa gente no tiene mérito, porque para eso sí que hay que estar loco y coger a un loco es fácil y desalentador. No digo que no los haya, pero nunca me he tropezado a un psicópata astuto, como los de las películas, sino a un par de pobres chiflados que un mal día agarraron la escopeta. Mi opinión es que ninguna inteligencia criminal es superior a la de un hombre normal y cuerdo que se aplique.

Aunque a los postres tuvimos ocasión de explorar lo que sabían los camareros de Eva Heydrich y Regina Bolzano, no conseguimos nada que merezca ser consignado especialmente. Todos estaban al tanto del crimen, todos conocían de vista a la víctima y a la sospechosa, ninguno había hablado con ninguna de las dos. Por cierto que era curioso que todo el mundo presentaba a Regina Bolzano como sospechosa, aunque no había ninguna versión oficial de los hechos y ni siquiera los diarios, habituales campeones en el arte de dar interpretaciones precipitadas de cualquier acontecimiento, habían planteado semejante hipótesis. Para los habitantes de la urbanización, como para mis superiores, el impulso irrefrenable era explicar lo sucedido con ayuda de lo que conocían, sin detenerse a reflexionar si en lo que desconocían podía haber otras claves más ajustadas.

Lo que parecía evidente es que ni Regina ni Eva se habían rebajado nunca a consumir el reprochable menú de aquel restaurante para turistas de tres al cuarto. Cuando pedí la cuenta, apareció una mujer muy escuálida, una de esas que tienen apenas los huesos forrados con carne, los pómulos muy salientes y a las que les ralea un poco el cabello. Siempre me he preguntado por qué esas mujeres no tienen un cabello abundante y fuerte. Será por falta de alimento, como las plantas que no tienen la suficiente tierra en el tiesto. Como rasgo que la individualizaba, la mujer que nos trajo la nota ostentaba un pecho extraordinariamente profuso, que costaba imaginar cómo se agarraba a su exigua persona. Aparentaba treinta y tantos años.

—Su cuenta —dijo, con una voz tenue.

Saqué la cartera y puse el dinero sobre el plato, con una buena propina. Cuando la mujer escuálida vino a recogerlo, murmuró sin mucho sentimiento:

—Muchas gracias.

—Más vale ser simpático cuando se está de vacaciones. Y sobre todo en esta urbanización —afirmé.

—¿Cómo? —se volvió la mujer, con desgana.

—Lo hemos leído en el periódico. A los turistas antipáticos les pegan dos tiros y los dejan colgados del techo —dejé escapar la risa más tonta que pude, pero ella no se rió.

—¿Se refiere a la chica esa?

—Sí. ¿La conocía?

—Apenas. Pero no la mató nadie de aquí.

—Era una broma.

—Ya. Es que a veces los de fuera vienen y confunden. Esa chica, por ejemplo, se confundió un par de veces.

—¿Ah, sí?

—Una noche fue al pub a reírse de los chicos de aquí. Y tuvieron que echarla.

—¿Tan mala era?

La mujer se echó hacia atrás, y apoyó los antebrazos en sus salientes caderas. Daba escalofrío mirarla.

—No sé si mala —declaró—. Sabía que le gustaba a los hombres. Todas las mujeres tontean a veces, y a ella se le fue la mano. Creyó que aquí les reímos todas las gracias a los turistas. Pero hay gracias que no hacen gracia. No sé si me entiende.

—¿Y la otra vez?

—¿Qué otra vez?

—La otra vez que se confundió.

La mujer me observó fijamente.

—¿Y por qué iba a contárselo?

—Ah, por nada —me encogí de hombros—. Simple curiosidad. Si es un secreto, perdóneme usted. No hay nada más desconsiderado que meterse en los secretos de otros, ¿no le parece? —Volví a reír—. ¿Levantamos el campo, querida?

Chamorro cogió su bolso y se levantó al mismo tiempo que yo. Fuimos sin mucha prisa hacia la salida. La mujer escuálida se vino subrepticiamente con nosotros y cuando pasamos a la altura de un rincón no muy concurrido, me tomó del brazo.

—No lo creerá —aseguró, con un gesto como de querer apabullarme, o escandalizarme, o lo que fuera—. Me encontré con ella la noche que la echaron del pub. Mi marido trabaja allí y yo iba a buscarle. La muy cerda me enseñó un fajo de billetes y me dijo en italiano algo así como que si me iba con ella a dar una vuelta, que estaba sola y no tenía con quién divertirse. Como si yo fuera una negra del Chad o de un país de mierda dispuesta a lo que fuera por un puñado de su dinero. Le contesté que se podía meter el dinero en el coño. En español y en italiano, por si acaso.

La mujer nos examinó alternativamente a Chamorro y a mí, para medir el efecto que nos habían causado sus palabras. Chamorro estuvo a la altura. Se tocó la punta de la nariz con los dedos índice y pulgar al mismo tiempo, se echó el pelo hacia atrás y se volvió a otro lado, como si aquellas porquerías no fueran con ella y la fastidiara que se alargara tanto mi charla con la mujer escuálida.

—¿Y qué le dijo ella? —indagué, aparentando excitación.

—¿Entiende usted alemán? Porque lo dijo en alemán.

—Un poco.

—Dijo: *Ja, heute möchte ich ein Coño.* Y soltó una carcajada. La muy cerda, que en el infierno se esté pudriendo.

Capítulo 7
NADIE NADABA ASÍ

Esa tarde nos echamos una siesta de cuatro o cinco horas. O al menos me la eché yo, porque cuando me fui a acostar dejé a Chamorro en la sala tomando notas y cuando me levanté, con la boca pastosa y un humor del demonio, ella estaba otra vez allí. Entre unas cosas y otras, la noche anterior no habíamos dormido y la siguiente no era previsible que durmiéramos. Por la mañana temprano habíamos quedado con Perelló para ver la casa. Era posible que Chamorro aguantara, porque tenía veinticuatro años y la conciencia tranquila, pero yo ya era demasiado viejo y canalla para realizar según qué gastos. No es que necesitara muchas horas de sueño, que tampoco podía dormir más de cuatro o cinco seguidas, pero cada tanto tenía que cortar la corriente. Si no, mi cerebro se volvía alarmantemente torpe.

Aquella noche yo estaba ya sobre aviso y la estampa de Chamorro arreglada no me sorprendió, aunque estuve tentado de hacerle un par de fotos para enseñarlas en la Unidad, a la vuelta. Había algo que seguramente sólo yo y los que la veíamos siempre de uniforme podíamos percibir, y era el morboso atractivo de comprobar hasta qué extremo había logrado traicionar su habitual continencia, un estímulo que un poco más degradado viene a ser el mismo que impulsa a la frecuente realización de filmes pornográficos localizados en conventos. Pero al margen de este desviado aliciente, era indudable y objetivo que Chamorro poseía los recursos suficientes para impresionar a quien le diera la gana. No sólo se había enfundado en aquel ínfimo vestidito negro y ajustado y se había maquillado sin tacañería. También había contado hasta diez o hasta veinte antes de salir de su cuarto y cualquier reparo que le causara ir por ahí sin sostén y con todas las piernas al aire había sido cuidadosamente enterrado bajo una asombrosa máscara de *femme fatale*. Siempre había admitido que la abnegación podía romper todas las barreras, pero nunca habría imaginado que pudiera convertir a la áspera Chamorro en una pantera insinuante. Después de aquello, el reinado de Salgado en la Unidad tocaba a su fin, a poco explícito que yo fuera cuando me preguntaran.

—Bravo, Chamorro —saludé su aparición—. Te estás ganando el puesto. Sólo espero que no me partan la cara por ir contigo. Hay gente que se suelta así la envidia.

Chamorro, entre halagada y ofendida, no dijo nada. Yo sólo había hecho el comentario por felicitarla, pero pensé que quizá debía ser más templado en lo sucesivo, no fuera a tomarlo por donde no iba.

Nuestro primer objetivo aquella noche era el pub de la urbanización, que resultó llamarse como otros cuantos miles de antros semejantes: Factory. El ambiente allí dentro era mortecino y rancio. El mobiliario era de hacía diez años y en las tapicerías de todo abundaban los lamparones y las quemaduras de cigarrillo. Olía a humedad y la música era espeluznante. Alternaba la propia de aquel verano, ritmos sintetizados y estribillos tan insulsos como supuestamente pegadizos, con fósiles extraídos de recopilaciones de otros veranos, aquellas piezas que habían pasado a formar parte de la memoria del que ponía los discos porque bajo sus acordes se le había rendido una alemana o había disfrutado su primer colocón considerable. La forma en que todas las miradas convergieron en

Chamorro, apenas entramos, me preocupó un tanto. Sin embargo, allí no parecía haber nadie peligroso. Como mucho intentarían bailar con ella y yo no iba a enfadarme por eso. Lo cierto es que no tuvimos que hacer ningún esfuerzo para llevar a cabo nuestras pesquisas. Nos sentamos en la barra y todos empezaron a acercarse. Mientras unos hablaban con Chamorro otros se ocupaban en alejarme a mí, y ni con los unos ni con los otros tuvimos que ser demasiado taimados. Es la ventaja que te da tratar con alguien que está pensando en otra cosa.

Entre aquellos solícitos nuevos amigos resultó encontrarse uno de los dos que había ligado con Eva Heydrich la noche que la habían echado de allí. No fue difícil conducir la conversación hasta ese punto, y lo fue todavía menos hacer que soltara la lengua. Mientras Chamorro resistía las invitaciones sin desalentar definitivamente a ninguno, con lo que iba acrecentándose el interés de quienes la cortejaban y disminuyendo las reservas que las inquisiciones de mi subordinada podían suscitar, yo fui favorecido con un relato más o menos detallado, aunque su ilación fuera algo deficiente, acerca de aquella famosa noche que ya se había inscrito en la historia del establecimiento.

Xesc, mi desprevenido y ya bastante embriagado confidente (a pesar de que apenas acababan de dar las diez), había sido el primero en reparar en la presencia de la Heydrich aquella noche. Ya se había fijado en ella en la playa, por la mañana, y la había reconocido en seguida. Llevaba una blusa bajo la que se le transparentaba todo y una falda con raja a un lado que se abría hasta alturas inverosímiles. A Xesc le había llamado primero la atención que entrara allí con gafas de sol, y luego todo lo demás. Ella se había sentado en la barra y había pedido simplemente *ginebra,* en español pero con un acento atroz. Xesc, un tipo bragado, con el revólver hasta arriba de muescas conquistadas en brazos nórdicos, según su propio testimonio, no había dudado en aceptar el desafío. Se le había dirigido en inglés y Eva al principio no le había hecho ningún caso. Pero después de largarle un par de tragos a su vaso de ginebra se había vuelto hacia él y le había dicho en italiano que odiaba el inglés y a los que hablaban en inglés. Xesc no iba a arredrarse por eso. También cargaba sobre la conciencia un buen número de italianas. Así que, cambiando al momento de idioma, le había preguntado si era de Roma o de Milán. Eva había susurrado que de *Vienna* y que si no iba a invitarla a bailar. Bailando había sido donde Xesc había empezado a mosquearse. Tenía experiencia con extranjeras y no era la primera vez que alguien se le pegaba así, pero sí la primera que la que lo hacía era una tía guapa hasta reventar y que no parecía ni mucho menos estar dominada por la bebida. Al otro lado de las gafas oscuras, cuando alguna vez las luces giratorias de la pequeña pista de baile del pub atravesaban sus cristales, los ojos de Eva estaban perfectamente abiertos, como si le disecaran. Después de bailar hasta cansarse, Eva se lo había llevado a un rincón y allí había empezado a besarle y sobarle con una desenvoltura que al propio Xesc, chulo de playa curtido en cien combates, le había resultado incómoda. A esas alturas todo el pub estaba pendiente de aquella desconocida blanca como la leche y desvergonzada como una gata en celo. Vista la rapidez con que el asunto se desenvolvía, Xesc había maniobrado para sacarla de allí y seguir con la refriega en otra parte menos concurrida. Eva no se había resistido. Había pagado su consumición y se había colgado de su brazo, en la medida en que hubiera podido hacerlo una mujer que le sacaba a Xesc media cabeza, según calculé a bulto. Xesc había pensado llevarla en el coche a algún lugar apartado, incluso probar su propia casa, si la Heydrich se dejaba. Pero Eva no se había dejado ni siquiera llevar hasta el coche. Lo había arrastrado hasta la parte de atrás del edificio donde estaba el pub y allí había comenzado a desabrocharle los pantalones. Xesc había vivido algún otro episodio de pasión urgente y callejera, pero nuevamente algo le desconcertaba. Podía ser el que la mujer siguiera con las gafas de sol puestas. Mientras trataba a duras penas de contener las manos de Eva, que estaban por todas partes tratando de desnudarle, le había pedido que se quitara las gafas. Aquella solicitud había obrado al menos el efecto de detener por un momento a la mujer. Se había apartado de Xesc y había murmurado algo sobre el hecho de que él quisiera verle los ojos. Xesc, sin entender del todo, había dicho que sí. Entonces la mujer se había quitado las gafas, había acercado su cara a la de Xesc y le había preguntado si le gustaban. Según la descripción de Xesc, Eva Heydrich tenía unos ojos claros, de una especie de marrón amarillo, que incluso en la penumbra de aquel sitio producían un contraste atemorizador con su cabello negro. Xesc no había contestado, sólo le había echado las manos a las tetas como piedras y las había dejado allí. Eva le había dejado hacer, observando las manos de él como si fueran un bicho que le había caído encima. A continuación se había separado del hombre y había alegado tener que ir un momento al servicio. Xesc había esperado en la trasera del pub cerca de un cuarto de hora, hasta convencerse de que la muy zorra le había dejado allí tirado. Cuando había regresado al pub, le había costado dar crédito a lo que veía. Eva, que volvía a tener puestas las gafas de sol, estaba bailando con uno de los tíos que más gordos le caían de toda la urbanización, Quim. No le había jodido que ella se restregara contra aquel mamón con tanto empeño como antes lo había hecho contra él mismo, sino que el muy hijo de perra se hubiera reído cuando él había entrado y los había visto juntos. Así era como se había montado la bronca, en parte porque Quim y él no se tragaban y también porque los dos habían bebido algo, que siempre enciende el ánimo. El caso es que cuando ya llevaban un rato discutiendo y se disponían a arrearse, en medio del tumulto de quienes intentaban separarlos, alguien había llamado a Quim. La extranjera estaba con su hermana. Todos se habían vuelto y habían visto a la hermana de Quim, asustada perdida, mientras la Heydrich la cogía por la cintura y se la apretaba contra sí, tratando de hacerla bailar un ritmo brasileño. La imagen era chocante porque Eva le sacaba a la hermana de Quim unos treinta centímetros, y también porque la hermana de Quim era una muchacha aniñada y Eva una buena puerca, a juicio de Xesc. Y había otra cosa: mientras bailaba con la hermana de Quim, con las gafas de sol colgando de una comisura, Eva sonreía. Ni a él ni a Quim les había demostrado que fuera capaz de sonreír. Había sido el propio Quim el que se había ido contra la extranjera y la había obligado a soltar a su hermana. Luego la había empujado fuera del local, mientras la cubría de improperios. Eva no había vuelto por allí. Xesc la había visto al día siguiente en la playa, donde ella había pasado olímpicamente de él. Así como por la noche era accesible, ninguno de los pocos que intentaban acercársele durante el día obtenía la más mínima respuesta. Si alguien la molestaba con demasiada insistencia, se levantaba, se metía en el agua y nadaba doscientos metros. Xesc no creía que nadie pudiera aguantarle el ritmo nadando. Nadie nadaba así.

Aquel tipo, aparte de locuaz, se me antojó un buen conocedor del ambiente local. Notaba que Chamorro empezaba a sentirse un poco acosada, sobre todo por un sujeto teñido de rubio que debía de ser el más insistente y que no debía de tener gran cosa que contar, a juzgar por el aburrimiento que a Chamorro le costaba esconder. El teñido lucía, encima, un colmillo de oro sobrecogedor. Ya pensando en abreviar para acudir a rescatar a mi ayudante, pero resistiéndome a desaprovechar el blando estado en que Xesc se hallaba, deslicé un comentario malévolo:

—Vaya con la morena. Desde luego nadie tiene otro tema de conversación, por aquí. Ahora que, después de tanto rollo, me parece que nadie de este pueblo se comió una rosca con ella.

Xesc se puso serio.

—No creas. Alguien sí.

—¿De verdad o es un pegote?

—Otros se tiran pegotes. Lucas no.

—¿Y quién es Lucas? ¿Un campeón de natación?

—Lucas pincha los discos en la discoteca. No te rías. Es un tío de cuidado. Cuentan que fue legionario, no de los de aquí, sino de los de Francia, y que estuvo varios años en África, hinchándose a matar negros. De eso él no habla nunca. Yo le conozco algo. Una noche que estuvimos hablando, salió la extranjera y me dijo que él se la había tirado, y no una vez, sino un par. Yo hice como que no me lo creía, aunque de Lucas me creo hasta que se tirara a esa zorra y a quince como ella. Entonces me dejó caer que él no había sido el único. Y cuando le pregunté que quién era el otro tigre, se rió. Y así, como si nada, me dijo que más bien *tigra*.

—¿Ah sí?

—Lucas no quiso decirme quién. Te juro que daría un pie por saberlo. Pero si Lucas ha decidido que no lo cuenta es que no lo cuenta. Es la hostia, ese tío. Nunca sabes lo que está pensando.

Eran las once y media y Chamorro comenzaba a dar señales de agotamiento. Me despedí cordialmente de Xesc y fui a salvarla.

—Hola, compañero —saludé al teñido—. Oye, me encanta tu diente. Si no te importa me llevo otra vez a mi novia. Ya te la dejaré otro rato otro día. Ha sido un placer.

El teñido dudó un instante, pero no acabó de darse cuenta de que le había insultado y aunque lo hubiera hecho no creo que hubiera reaccionado de otra forma. Cuando estuvimos fuera le revelé a Chamorro:

—Tengo algo. ¿Y tú?

—La cabeza como un bombo. Todos guardan un recuerdo imborrable de Eva Heydrich y ya sé exactamente cómo y por qué la echaron aquella noche. Debió de ser un numerito muy emocionante. Pero ninguno de los míos se acercó a menos de cuatro metros de ella. Señalaban al tal *Ches*, o como sea que se pronuncie, ése que se estaba bebiendo todas las existencias contigo. Así que soy toda oídos.

—Tenemos una pista. La llamaremos la pista local. Hasta ahora, nadie había pensado que la desgracia de Eva pudiera ser obra de indígenas. Hay un tío en la discoteca, el que pincha los discos. Se llama Lucas y sabe algo. Pero vamos a ir despacio.

Puse a Chamorro en antecedentes.

—No creo que yo pueda tratar demasiado con él —concluí—. A partir de ahora te toca a ti conseguir la información. Entramos allí y nos separamos más o menos en seguida; tú vas a bailar y yo no, o al revés. Hacemos como que no nos llevamos muy bien. Tú entras en contacto con él y no hablas absolutamente nada de Eva Heydrich ni de Regina Bolzano ni de ninguna muerta. Que él saque tema, el que sea. Tú se lo sigues y en paz. Te dejaré poco tiempo. Luego iré a recogerte y tú haces como que te vienes conmigo por no causar problemas, pero le dejas al tío la comezón. Y esta noche nada más. Nos largamos y le damos tiempo al tiempo. Por lo que cuentan de él, no es un imbécil y sabe callarse. Si cuando lo tratemos nos parece menos duro ya veremos si corremos un poco más. De momento, despacio y que él vaya entrando. Con mucho cuidado, Chamorro, que esto sí puede ser peligroso. Yo estaré pendiente, pero tienes que procurar arreglarte sola.

Miré el reloj.

—Lo que sea, lo hacemos en una hora como mucho —la urgí—. A las doce y media quiero estar camino de Abracadabra. ¿Cansada?

—No.

—Mejor, porque esta noche vamos a tener buen tajo.

La discoteca estaba a unos diez minutos caminando, uno y medio con el coche. Un neón azul sobre la puerta proclamaba su nombre: *Ardent*. El interior era sólo un poco mejor que el de Factory. La música, algo más trepidante, si cabía. Por lo demás, Lucas no se esforzaba por resultar original: iba ensartando uno detrás de otro los inexorables éxitos del verano, que eran celebrados por la concurrencia al iniciarse las primeras notas o los primeros golpes de batería electrónica. Había algo más de ambiente que en el pub. Entre otras cosas, más féminas. Allí la presencia de Chamorro no resultaba tan anómala, aunque entre las danzantes no había ninguna que pudiera hacerle sombra. Nos situamos cerca de la barra y no tardamos en localizar la cabina del pinchadiscos. Lucas era un individuo de unos treinta y cinco años, demasiados para mi gusto y mi idea de lo que Chamorro podía enfrentar con una razonable seguridad. Medía cerca de uno noventa (lo que, dicho sea de paso, también era demasiado para mi uno setenta y cinco corto), gastaba una coleta bien apretada y lucía un aro de pirata en la oreja izquierda. Por un momento vacilé y estuve a punto de llevarme a Chamorro de allí para pensarlo todo con un poco más de calma. Pero justo entonces mi ayudante me cogió del brazo y me susurró al oído:

—Quédate tú aquí. Yo voy a bailar.

Era pasmoso que Chamorro no pareciera intimidada. Yo estaba intimidado, sin ir más lejos. Antes de que pudiera desaprobar su sugerencia, ella se había internado en la pista. Apenas se hizo un hueco en una zona próxima a la cabina del pinchadiscos, se puso a bailar. No sostendré que Chamorro era una danzarina prodigiosa. Desde mi relativa ignorancia, resultaba algo repetitiva y forzada. Pero atinaba a sacudirse la rigidez del cuerpo, echaba los brazos hacia arriba y la cabeza hacia atrás. Con eso, su cuerpo hacía el resto. Pronto me percaté de que Lucas la vigilaba.

Estaba nervioso. Para tratar de atenuarlo, intenté charlar con la chica de la barra. Tenía los labios pintados de negro y una náusea permanentemente enredada en la cara. No era muy alentador, pero era lo que había. A las aproximaciones habituales respondió con monosílabos. Cuando al fin le largué una pregunta impertinente, se dignó cuestionar con remota dulzura que la respuesta me importara.

De ahí pasé a una alusión muy indirecta a que había oído que recientemente había pasado algo en la urbanización que había tenido que ver con la policía. La referencia fue tan vaga como eso, ni muerte, ni mujer joven, ni ningún otro dato singular. Fue suficiente para que la chica de los labios negros asegurara no saber de qué le hablaba y se trasladara a otra zona de la barra. Tomé nota.

Una vecina de asiento que había asistido a mi lamentable flirteo con la chica de la barra resolvió entonces dirigirse a mí:

—Hace cuatro días mataron a una extranjera. Arriba, hacia el mirador.

Representé estupor, espanto, etcétera. Mi interlocutora me refirió a renglón seguido una historia no muy diferente de las que ya llevaba escuchadas aquel largo día. Por prudencia, no le pregunté nada y me conformé con lo que ella me confió espontáneamente. Incluso hice por cambiar de tema. La verdad es que estaba más atento a las evoluciones de Chamorro, que no tardó, después de unos quince o veinte minutos de exhibición en la pista, en ser objeto de los agasajos de Lucas. Pero la mujer, una agradable morena de pelo corto y unos treinta años, quería endosarme su relato hasta el final. Y el final era las dos o tres noches en que había coincidido con Eva, en aquella misma discoteca. Mi informante no había hablado con ella, pero estaba en condiciones de afirmar que era italiana y que se drogaba con algo fuerte. Puede ser el momento de anotar que en la autopsia había aparecido algún rastro de una afición al alcohol poco moderada por parte de la víctima, pero ni el más mínimo indicio de que Eva Heydrich hubiera consumido ningún tipo de drogas. Se me enumeraron las andanzas de Eva en Ardent, que en síntesis consistían en haberse rozado con un buen número de hombres y en no haber intentado nada con ninguna mujer, porque de haberlo hecho no me cabía duda de que mi informante lo habría destacado. Aparenté distraerme y aproveché para comprobar que Chamorro estaba acodada junto al puesto del pinchadiscos y que Lucas le enseñaba el próximo disco solicitando su aprobación. Chamorro la denegó con un gracioso cabeceo.

—¿Aquélla es tu mujer? —inquirió entonces mi interlocutora.

—Mi novia.

—Que tenga cuidado con ése.

—Con quién.

—El pinchadiscos. La chica que mataron también le escogía las canciones. No sé si me entiendes.

Chamorro ya había tenido tiempo suficiente y la ocasión era buena para que encajara sin problemas en la cabeza de aquella mujer entrometida. Me despedí de ella, atravesé la pista y fui hasta la posición de Lucas. Cogí a mi ayudante del talle.

—Nos vamos —la conminé, con cara poco amistosa.

Lucas no habló, ni se movió. Chamorro miró a uno y a otro, simuló contrariedad y se excusó ante él.

—Perdona, tengo que irme.

—¿Está todo bien? —se interesó Lucas, con una voz grave y llena de aplomo.

—Sí.

—Hasta otra, entonces.

Lucas le dedicaba una mirada afectuosa. Chamorro le correspondió hasta que se abandonó a mi conducción, endureciendo entonces sus facciones. Yo me ahorré la frase que llevaba preparada y estimé más oportuno no despegar los labios. Sólo le observé, mientras él me retaba o me compadecía. Era un hombre que nunca debía tener prisa ni miedo.

Capítulo 8
ABIERTO HASTA EL ALBA

En el coche, Chamorro me relató con viveza de detalles su encuentro con Lucas. Lo que habían hablado, en realidad, no era importante. Obediente a mis instrucciones, Chamorro apenas había preguntado y Lucas no se había extendido más allá de su nombre y la circunstancia, que retuve, de que aquel trabajo era sólo para los veranos. El resto del año vivía de cosas sueltas, según su propia calificación. Mi ayudante estaba alterada, por el riesgo o por el efecto que el pinchadiscos le había causado.

—Arrastra un poco las erres —apreció—, no como lo haría un francés, sino como alguien que ha tenido que hablar francés mucho tiempo. Puede ser verdad que estuvo en la Legión Extranjera.

—¿Alguna alusión al respecto? O algún signo, tatuajes, insignias.

—Nada que yo haya notado. A pesar de su pinta se comporta con educación. Se expresa correctamente. No como un macarra.

—¿Intentó algún acercamiento físico contigo? Bailando, o con cualquier otro pretexto.

—Nada en absoluto. Bueno, me ha quitado una hilacha que se me había pegado al vestido.

—Eso es que se estaba fijando.

—Ah, otra cosa. Me ha dicho un poema. —Chamorro lo desveló con coquetería, como si olvidara que era la atención de un posible delincuente al que tenía que investigar.

—Un poema. Así que además de educado Lucas es un antiguo. ¿Recuerdas algún verso?

—Salió por lo del final del verano. No lo entendí muy bien, con el ruido. Iba del otoño, de violines que hieren el corazón lánguido, o algo así.

—Los lánguidos son los violines —corregí—. Es Verlaine, y en Francia se lo sabe todo el mundo, como aquí la *Canción del pirata*.

—¿Qué canción? Yo no me la sé, ésa.

Entonces reparé en que Chamorro era una víctima del sistema educativo moderno, lúdico, audiovisual, interactivo y todas las demás monsergas de ese jaez. Ahora bien, aunque no hubiera tenido un maestro cavernícola que le cultivara la memoria de lo útil y lo inútil a golpes de regla, era imposible que desconociera aquella pieza señera de la lírica patria.

—Seguro que sí, los cañones por banda y el viento en popa, a toda vela.

—Ah, ésa. No me sonaba el título.

—Si Lucas ha vivido un tiempo en Francia no es raro que se sepa los versos. No hay que contar con que sea un literato. Muy bien puede no haber leído un libro en su vida.

—¿Y eso es importante?

—Puede. La gente que lee es más dubitativa, mejor de coger.

—Nunca lo había pensado.

—Un individuo que no lee suele tener claro lo que espera de la vida, y gobernarlo con buen pulso. Hay gente que lee a la que le pasa lo mismo, pero a igualdad de dotes naturales, cuanta más cultura menos tenacidad, más dispersión, y hasta más cobardía. Ya lo dijo Shakespeare. O eso o algo parecido. Ese Lucas me inspira respeto. Vas a tener que esmerarte. Mañana quiero que vayas allí tú sola. Habremos tenido una bronca, me habrás dejado a mí en casa y habrás salido a tomar el aire. Ésa es la versión para Lucas. Yo estaré fuera, pero no me haré ver salvo que algo vaya realmente mal y haya que reventar la operación. Quiero que consigas una cita con él para cuando termine en la discoteca. Cierran a las dos y media. Todavía habrá algún sitio donde ir. Yo os seguiré.

Advertí que la resolución de Chamorro se debilitaba. Podía ser que estaba dispuesta para un jugueteo inofensivo pero no se había planteado que tendría que llegar más allá, y no con un ser sin rostro o teórico, sino justamente con el mismo Lucas al que acababa de conocer.

—¿No es ir un poco deprisa? —alegó.

—Mañana sólo coges confianza con él. Nada de sondearle.

Chamorro tragó saliva.

—¿Y hasta dónde tengo que llegar? Me refiero a... —murmuró.

—Sé a lo que te refieres. Hasta donde quieras. Una chica guapa puede tener a un tío en vilo más de una noche sin permitir que la roce. Si te atreves a más, mejor —reconocí, sin sentimiento—. Pero no te pases. En el supuesto de que quiera llevarte con él a algún sitio solitario lo mandas al cuerno. Y si trata de obligarte a algo y lo ves feo gritas y lo detenemos. No es lo que preferiría, pero ya veríamos cómo aprovecharlo. ¿Entendido?

—Creo que sí.

—Bien. Ahora cambiamos de teatro.

Faltaba un minuto para la una de la madrugada. El paso siguiente era acudir a Abracadabra para averiguar su horario. Si había tiempo, daríamos primero una vuelta por los otros locales del entorno. Después de haber dejado a Chamorro sola con Lucas, lo que me había exigido soportar una desagradable inquietud, juzgué más oportuno, al menos de momento, que la incursión en Abracadabra y alrededores fuera de otro modo.

—Aquí iremos juntos, por ahora —la instruí—. Si nos tropezamos con alguien a quien sea mejor atacar a título individual, fingimos otra desavenencia o simplemente nos separamos, y el que esté mejor situado se lo queda. Aunque esta noche mejor nos andamos con tiento.

Un letrerito informaba que en Abracadabra no había hora fija de cierre: *Abierto hasta el alba.* Eso nos daba oportunidad de girar previamente visita a otros templos de la zona. Aquél era, por cierto, un sitio mucho más elegante que la urbanización. Los yates se mecían en el puerto deportivo, a apenas cincuenta metros del paseo donde se sucedían terrazas, discotecas y clubes. Había coches descapotados y gente sofisticada, en la acepción usual del término, que viene siempre a aludir al coste de sus alhajas, indumentos y afeites. Entre los que deambulaban por el paseo abundaban las rubias ciclópeas con rotundos refuerzos silicónicos, los hombres bronceados de melena entrecana y grandes relojes sumergibles, etcétera.

En cierto sentido, nuestros esfuerzos allí se vieron menos recompensados que en la urbanización. En las dos horas que empleamos en recorrer tres o cuatro locales, no dimos entre la clientela con nadie que estuviera demasiado abierto a charlar con desconocidos, a excepción de algún alcohólico con dificultades para articular cuatro palabras coherentes. Sin embargo, quienes atendían en la barra se mostraron mucho más amables que el personal de Factory o Ardent. Casi todos eran bastante jóvenes, venidos de la Península para la temporada y descaradamente mercenarios. Gracias a ellos, y a cambio de alguna pequeña exhibición monetaria acogida con bastante desparpajo y ninguna suspicacia, obtuvimos puntual confirmación de la frecuente presencia de Eva Heydrich por aquel ambiente. Todos sabían la noticia y habían visto la fotografía en el periódico. Nadie daba detalles que no supiéramos. Nos contaban más o menos lo mismo que les habían contado a los policías que habían ostentado su condición de tales. En cuanto a los regulares cambios de pareja de la difunta, aquí causaban bastante menos extrañeza que en la urbanización. Más llamativo, aunque sin que nadie se escandalizara, resultaba que Eva se dejara ver con hombres y mujeres indistintamente. Un par de personas, en razón de esa circunstancia, insistieron en que el lugar al que debíamos ir era sin duda alguna Abracadabra.

Cuando al fin traspusimos el umbral del célebre club, medidos de arriba abajo por un coloso cuelliancho que notoriamente no se reservó el derecho de admisión gracias a la formidable figura de Chamorro, eran las tres y media de la madrugada. En Abracadabra, sin embargo, la noche empezaba apenas. Era un inmenso espacio azul, de techo más bien bajo. Había dos pistas de baile, tres barras y unas treinta o cuarenta mesas. Desde luego, era mucho más grande de lo que cabía imaginar desde fuera, y a aquella hora estaba razonablemente lleno. Chamorro y yo fuimos primero hacia la barra. Pedimos de beber y empleamos unos minutos en observar al personal. Había gente de todas las edades, desde veinte hasta sesenta años. Nada en el aspecto de los varones movía a intranquilidad. Con alguna salvedad, se trataba de gente más o menos pulida y perceptible desahogo económico. Ningún culturista con cueros o herrajes, por supuesto. En cuanto a las mujeres, llamaba la atención el gran número de ellas que habrían podido ocupar portadas de revista. Allí Chamorro resultaba más bien vulgar. Había mulatas, nórdicas interminables, incluso alguna oriental de largas piernas. Su aspecto y sus maneras eran tan femeninos como pudiera desearse. Nada de machorros sin pintar con pantalones negros. Lo único peculiar era la abundancia de rubias platino teñidas con el pelo cortado como si fueran reclutas. Las más maduras perdían espectacularidad, aunque alguna exhibía orgullosa los buenos oficios de la cirugía, la gimnasia o los productos cosméticos.

También en Abracadabra la barra estaba servida por jóvenes temporeros, implacablemente seleccionados en virtud de su atractivo físico. Cada mes debían renovar los floreros, masculinos y femeninos. Entre ellos maniobraban algunos de más edad y menor encanto que podían ser los dueños o formar parte del personal permanente. Recordando lo que me había dicho Zaplana acerca del tráfico ilícito que allí se desarrollaba y las reticencias que habían despertado en Abracadabra las averiguaciones de sus hombres uniformados, aguardé a que no hubiera ninguno de los mayores cerca y abordé a una de las muchachas más jóvenes. Secundado por Chamorro, le dije que aquél era nuestro primer día en la isla y le pedí consejo sobre las atracciones que ofrecía la comarca. Su primera pregunta fue la que yo me esperaba:

—¿Y dónde paráis?

Le di el nombre de la urbanización y añadí, como detalle de humor negro:

—En la misma urbanización donde mataron a esa chica, hace cinco días. Para ser exactos, en la misma calle. Siempre hay un coche de la Guardia Civil en la puerta. Cuando nos han dicho por qué era hemos pensado que más vale que nos organicemos excursiones.

La muchacha era demasiado joven para no tratar de impresionarnos:

—Venía aquí todas las noches.

—¿Quién?

—La chica esa, la que mataron.

—No me digas —comenté, sin demasiado énfasis—. ¿Y por qué la mataron, andaba metida en algo?

—No sé. Dicen que fue una mujer mayor que también venía bastante por aquí, aunque menos. Yo sólo la vi un par de noches; claro que llevo sólo tres semanas. La policía la está buscando, por lo visto. La chica era un poco seca, como todos los alemanes, pero daba mucha propina. Eso no es normal en esa gente.

Chamorro y yo quedamos en silencio, sin emitir opinión, invitándola a que soltara algo más.

—No se puede creer —se dolió la muchacha—. Bailaba ahí mismo, todas las noches. Esa gente de allí, esos italianos del fondo, eran amigos suyos. Y ahora está muerta. Qué absurdo es todo.

Simulamos un cierto afán por consolarla y la exhortamos a que nos hiciera, para olvidar todo aquello, las sugerencias que le habíamos pedido. Mientras la chica se procuraba una servilleta y le dibujaba a Chamorro un mapa en el que iba localizando cuevas, restaurantes típicos y otras maravillas, yo no quité ojo del grupo de italianos. Eran dos chicas de la edad de Chamorro y un par de individuos sólo un poco mayores, bastante fornidos según dejaban ver sus camisetas de tirantes, pero no demasiado altos. Aunque estaban sentados y no era una estimación muy fiable, debían de medir cuatro o cinco centímetros menos que yo. Eso me alentaba.

Siempre me fijo en la estatura de los hombres con los que trato porque no soy especialmente fuerte y no tengo otros conocimientos de artes marciales que los que me inculcaron en la academia. Con un poco de atención, sirve para manejarse con el que no sabe nada; el problema es que nunca se puede estar seguro de que el que se tiene enfrente no es cinturón azul, que para mí ya resulta una distancia insalvable. Por fortuna dispongo de la pistola. Hay gente muy torpe con las armas, pero las reglas son elementales. Primero, no sacarlas si se puede evitar. Si no se puede, el primer tiro al aire y el segundo a dejar cojo al que venga. Si viene armado, a donde le impida responder. Aunque uno debe desear que la situación no se dé, si se da, nada más desdichado que mostrar fisuras en el ánimo. Hasta ahora, nadie ante quien haya empuñado mi arma se ha permitido la imprudencia de dudar que fuera a usarla. Eso me ha permitido salvar mi pellejo y el de algunos otros.

Cuando nos separamos de la gentil muchacha que tan desinteresadamente había guiado nuestros pasos en el club, fuimos a sentarnos cerca de los italianos, en una mesa que era poco más que un taburete. Yo sustraje una silla de camino hacia allí y Chamorro les pidió a los italianos la que les servía para almacenar sus pertenencias. La despejaron y se la entregaron. La circunstancia era de tal estrechez que no fue difícil cruzar algunas palabras con ellos. Pronto fue evidente la atracción que Chamorro despertaba en uno de los dos italianos, el que dijo llamarse Enzo. Gesticulaba, contaba chistes e iba aproximando su asiento a la posición de mi ayudante. Ésta aprovechó un instante para solicitar mi aprobación con un gesto. El italiano era simpático; al lado del oscuro Lucas, y en lo que de las personas revela su aspecto, un querubín inofensivo. Por mi parte, había trabado conversación con una criatura cuyo trato reclamaba toda mi concentración. Comuniqué a Chamorro mi consentimiento y ella respondió al acercamiento de Enzo.

Ahora es cuando tengo que perder un instante en describir a Andrea, y confieso que desconfío de mi capacidad para hacer comprensible la fascinación que aquella muchacha ejerció inmediatamente sobre mí. En primer lugar, no era muy alta, lo que la situaba en clara desventaja frente a la inmensa mayoría de las mujeres que allí había. Tampoco ostentaba la atlética delgadez que en nuestro piadoso tiempo viene a considerarse requisito para que una mujer pueda mostrarse en público sin ofrecer un espectáculo ominoso. El rubio de su cabello lo debía al tinte, saltaba a la vista. Sin embargo, sus ojos eran de un gris casi plateado sin el concurso de ninguna lente coloreada al efecto. Y si uno buscaba su fondo, caía hasta el infinito. Siempre estaba sonriendo y ayudándose con las manos al hablar. Tenía unas manos perfectas, aunque demasiado bronceadas. Toda ella estaba muy bronceada, y eso, que nunca me ha gustado mucho, a ella le daba un atractivo innegable. Su piel era suave y aromática, firme y reluciente como una madera preciosa. Llevaba un vestido suelto, sobre todo el escote, en el que bailaban sin pudor un par de redondos pechos morenos. Mentiría mucho y mezquinamente si ahora escribiera que yo no los miraba.

Cada uno de nosotros hablaba en su idioma. A pesar de mi contundente apellido, en italiano sé decir poco más que *ciao*. Chamorro usaba de la misma técnica con Enzo, y servía para entendernos. A veces los significados eran un poco imprecisos, pero eso, que sin duda no convenía a nuestras investigaciones, favorecía, al menos para mí, la libertina magia del instante. Era obvio que yo no había ido allí a buscar magias ni instantes, pero ya llevaba un buen trozo de madrugada a mis espaldas y de las sucesivas bebidas que había adquirido se me había ido quedando una porción entre los labios. Una porción que irremediablemente había viajado a mi estómago y había impregnado poco a poco mi sangre. En fin, que mi disciplina no era tan férrea como cuando había entrado en Factory seis o siete horas antes, y aunque seguía teniendo conciencia de mi prioridad, no me resistí a tomarme alguna licencia en su persecución.

Andrea vivía en Milán, como casi todos los italianos que iban por allí. Cuando le dije que Chamorro y yo éramos geólogos, según las identidades falsas tras las que nos parapetábamos, al principio no comprendió. Con señas y unas cuantas explicaciones oblicuas pareció hacerse una idea. Habíamos elegido aquella ocupación porque es lo bastante rebuscada como para que nadie resulte ser un colega con quien haya que departir o tratar de encontrar asuntos comunes, y también porque nadie acaba de tener demasiado claro en qué consiste. Por su parte, Andrea dijo trabajar en la moda. Ni modelo ni diseñadora, aclaró en seguida. Hacía algún tipo de tarea de coordinación comercial, no fui capaz de descifrar del todo las palabras con que la describió. Apartada la primera maleza de la presentación mutua, entré velozmente en materia:

—Antes de seguir y que me equivoque, ¿alguno de estos dos es tu novio?

Andrea se volvió. Enzo cortejaba a destajo a Chamorro. El otro, Fabio, sorbía del mismo vaso que Rosina, la otra chica. Estaban acurrucados el uno junto al otro, somnolientos. Desde que Chamorro y yo habíamos intimado con Enzo y Andrea, se habían replegado dócilmente.

—Son sólo amigos, del trabajo —respondió.

—¿Viajáis juntos?

—Claro. Un par de chicas no deben viajar solas por ahí.

Andrea señaló entonces a Chamorro.

—¿Y la alta qué? ¿Sois novios, hermanos, estáis casados?

—No tanto. María —el nombre falso de Chamorro— y yo vamos siempre juntos a hacer prospecciones. A veces tenemos que dormir por ahí y es más barato alquilar una habitación. Así que nos hemos acostumbrado el uno al otro y vamos de vacaciones juntos. Pero ella no es celosa y yo tampoco.

Andrea construyó un pícaro gesto. Un poco más abajo, por donde su escote, había un indolente alboroto al que me era cada vez más difícil permanecer insensible.

—¿Te gusta el verano, Luigi?

—Sí.

—¿Y qué es lo que más te gusta?

—La playa, las noches de luna, las niñas de ojos grises por las que uno se olvida de la luna y de las noches y de la playa.

—¿Es un cumplido?

—¿Cuántos años tienes?

—Veintitrés. ¿Y tú?

—Doce más. Éste puede ser uno de mis últimos veranos.

—Oh, no.

—Lo sé, Andrea. Por eso estoy empeñado en hacer algo para acordarme. Y necesito a alguien que me ayude.

Andrea jugó por un momento a escurrirse.

—¿No te ayuda María? Si María me ayudara, yo me acordaría —se rió.

Pero la italiana tenía los ojos brillantes, pasaba sus dedos por el dorso de mi mano y estaba algo bebida, como yo. Más tarde, cuando supe cómo era en realidad, hube de construir una teoría diferente para justificar que un cualquiera como yo acertara a seducirla. Aquella noche, inflamado por el alcohol y la acumulación de acontecimientos, di en suponer que la había encontrado en un momento en que ella necesitaba ser cortejada, y que con mi historia improbable había puesto ante ella a un tipo inhabitual que le había excitado la curiosidad. Era poco, pero suficiente.

—A María, en realidad, no le gustan los hombres —dije, con sigilo—. Guarda el secreto con Enzo.

Andrea miró a Chamorro sin disimulo. Era la tercera o la cuarta vez que rechazaba amablemente un ademán demasiado confianzudo de Enzo. A la italiana le brillaron un poco más los ojos.

—Sácame a bailar —me instó.

Lo hice. Cuando llevábamos un par de minutos en la pista se abrazó a mí y me inundó la boca con un beso violento, empapado de ginebra. Miré de reojo y pude captar la estupefacción de Chamorro. No podía hacer otra cosa que corresponder a Andrea y tampoco me costó demasiado. La correspondí con largueza y denuedo.

Del resto recuerdo muy poco, salvo el tacto terso del cuerpo de Andrea que se agitaba incansable entre mis manos. No le pregunté nada, no me preguntó nada y me sometí a la odiada música sin protestar. En alguna pausa vinieron a confortarme por sorpresa Ella Fitzgerald o Dinah Washington, y mientras Andrea me susurraba al oído palabras desconocidas, la noche adquirió la frágil consistencia de la perfección.

Capítulo 9
PORQUE SÍ, SIMPLEMENTE

A eso de las cinco y media, Chamorro me hizo una seña. Los otros dos se habían retirado y Enzo, ante la precaución de mi subordinada, había perdido mucho gas. La cabeza le colgaba de una forma bastante delatora. Con suavidad, retiré a Andrea de mí.

—María me llama. Tengo que irme —dije, con firmeza.

—¿A dónde?

—María y yo tenemos cosas que hacer.

—¿Qué cosas?

—Las que ella y yo solemos hacer juntos.

—Llévame con vosotros.

—No puedo.

Andrea meneó la cabeza.

—Qué decepción, Luigi. No creía que ya no fuéramos a vernos más.

—Seguro que sí.

—Prométela.

—Tampoco puedo.

Andrea me contempló con detenimiento. Estuvo hurgando en mi máscara de tal manera que por un momento temí que estuviera desentrañando la verdad. Y la verdad era, en parte, que en aquel momento mi fe en que la muerte de Eva Heydrich debía ser esclarecida flaqueaba ante la tentación de perderme por aquellos ojos grises.

—¿A qué playa vas? —preguntó súbitamente.

—A ninguna fija.

Andrea me dio entonces un nombre, el de la playa nudista al que había acudido Eva Heydrich después de aceptar que no podía organizar todos los días un tumulto en la cala.

—Yo voy allí todas las tardes —me informó—. Puedes traer a María. Mejor: te exijo que la traigas. *Addio.*

Volvió a besarme y se fue, arrastrando al claudicante Enzo fuera del club. El gesto de Chamorro me recordaba terriblemente la cara de la última persona cuya tiranía había sufrido antes de caer bajo la del comandante Pereira. Era una viril monja que me custodió —creo que ésa es la palabra— después de mi operación de apendicitis, cuando yo tenía quince años.

Con todo, Chamorro aguardó diez minutos para reprenderme. Estábamos ya en el coche, camino de la urbanización.

—Creí que íbamos a andar con tiento —dijo, con sorna—. Ahora ya sé lo que significa *tiento.*

—No suponía que fueras tan irónica, Chamorro, pero me gusta —murmuré, casi sin fuerza.

—Una italiana explosiva, por lo que veo.

—No voy a negarlo.

—Enzo no era tan explosivo. Un poco fantasma. Claro que si el plan era que me tenía que entregar a él me podías haber avisado.

—No era el plan. Lo de Andrea salió sobre la marcha.

—¿Y has averiguado mucho?

—Me he puesto en buena situación para averiguarlo.

Me di cuenta de que en ese instante Chamorro abandonaba su actitud reprobatoria y adoptaba una muy distinta. Iluminando todo su rostro había una sonrisa triunfal. Me impresionaba favorablemente que superara sus inhibiciones, pero me pregunté si no se estaría excediendo. Desde que me impusieron los galones he sido siempre reacio a recurrir a ellos salvo que sea estrictamente imprescindible, así que me contuve.

—Mientras te tomas tu tiempo —volvió a poner a prueba mi campechanía—, te avanzo lo que yo he averiguado. Nuestros cuatro amigos conocieron a Eva en una discoteca del puerto deportivo. Los llevó al yate en el que había venido con otros italianos y se corrieron una especie de orgía, por lo que Enzo me hizo entrever no sé si para estimularme. Luego se vieron otra vez en la playa, tres o cuatro días después, y quedaron esa misma noche. Eva los trajo a Abracadabra. A partir de ahí a Enzo no le apetecía contar muchos detalles. Sólo al final, cuando ya no sabía qué decir, me ha hecho una jugosa revelación. Eva se encaprichó con alguien del grupo. Y encontró reciprocidad. ¿No te imaginas de quién se trata?

—Temo que sí.

—Exacto. Tu rubia explosiva.

—¿Todo eso te lo ha contado Enzo espontáneamente o le preguntaste algo?

—No le pregunté ni la hora. Lo juro.

—Te felicito, Chamorro. Y tú deberías felicitarme a mí. Sin comerlo ni beberlo hemos ligado con otra ex pareja de Eva. Esto avanza más deprisa de lo que podíamos soñar. Fíjate que digo *hemos.*

—¿Cómo?

Era el momento de desarbolar a Chamorro, o mucho me equivocaba. No creía que se hubiera soltado hasta ese extremo.

—A Andrea se le dilataron las pupilas cuando le chismorreé que no te gustaban los hombres.

—¿Eso le has dicho?

—Ajá. Por si te interesa, te envidia las piernas, y me ha encarecido que cuando vaya a verla a la playa vengas conmigo.

Chamorro había perdido la chispa.

—Iremos por la tarde —concluí—. Aunque por la noche prefiero que nos ocupemos de Lucas, tampoco conviene que Andrea se enfríe.

A las siete y cuarto en punto, mientras Chamorro y yo intentábamos aclararnos la cabeza con un café cargado, sonó en la puerta de la cocina el golpe de unos nudillos. Era Perelló. Venía descubierto, con el cabello mojado cuidadosamente estirado hacia atrás y pegado al cráneo. Tras él apareció Satrústegui, su hombre de confianza.

—Buenos días, mi brigada. ¿Quieren café?

—Ya he tomado, gracias. Tenéis mala cara. Sobre todo la muchacha. ¿Os habéis estado peleando con alguien?

—No hemos dormido.

Perelló meneó la cabeza.

—Hay que descansar, sargento.

—No hemos tenido más remedio. Eva Heydrich aprovechaba la noche.

—Eso no me entrará en la cabeza nunca. De noche hay que dormir. Velar por gusto, como hacen hoy todos, es una tontería. Ya verán cuando se les ahuyente el sueño, que tarde o temprano siempre acaba pasando.

—Ha merecido la pena.

—Siendo así... Bueno, ¿vamos a ver la casa? No deberíamos terminar tarde.

Perelló me admiraba. Cualquier otro se habría precipitado a interrogarnos. Pero él tenía un deber que cumplir y un plazo en el que cumplirlo y eso se anteponía a todo lo demás. Creo que de todas las personas con las que tuve que trabajar en aquellos días era el único que no sentía una malsana comezón por saber qué era lo que le había sucedido exactamente a Eva Heydrich. Hacía por saberlo porque no tenía más remedio, porque eran ya treinta años de ejecutar órdenes sin discutirlas. Pero no le interesaba.

Había otra cosa singular con Perelló. Supongo que todos los demás, yo incluido, censuramos moralmente en algún momento a Eva o a las personas con las que se había visto envuelta y que fueron apareciendo a lo largo de la investigación. Jamás advertí algo semejante en el brigada. Y sin embargo, estoy convencido de que si hubieran sido otros tiempos y al culpable hubiera habido que darle garrote, sólo él se habría atrevido. Lo habría ajusticiado rápido y se habría santiguado en sufragio de su alma.

Terminamos nuestro café y salimos. Nos deslizamos discretamente por la calle y entramos en el jardín. En la puerta del chalet, Satrústegui retiró con cuidado el precinto. Era un hombre meticuloso y taciturno. Se comprendía que Perelló lo distinguiera entre los otros. No abundaban los guardias jóvenes con semejante disposición.

El chalet era muy espacioso, bastante más que el nuestro. Constaba de un enorme salón, un comedor, una cocina bastante despejada y cuatro dormitorios. Había una terraza muy amplia con vista al mar y una azotea también abierta al Mediterráneo. La primera observación era inevitable:

—Una choza un poco grande para una sola persona, ¿no cree, mi brigada?

—Los extranjeros son caprichosos. Si le gustó la vista, no se preocupó de contar las habitaciones.

—¿En cuánto puede estar el alquiler de una casa así por esta zona? —interrogó Chamorro.

—Es la parte mejor de la urbanización. Ciento cincuenta o doscientas fuera de temporada. En temporada pon el doble y no te quedas corta. Desde luego yo no podría vivir aquí.

—Vamos a donde apareció el cuerpo —pedí.

Era peculiar la marca que se había hecho del cuerpo de Eva. Como en el aire no se puede dibujar, habían marcado con tiza una especie de elipse en el suelo y otra más pequeña en el travesaño del techo. Los puntos más cercanos en los dos planos sólidos entre los que había aparecido suspendida.

El techo del salón subía en V hasta una altura bastante superior a la habitual. Eva Heydrich no había sido colgada del punto más alto, pero aun así había dado para que al sumar a la breve longitud de la cuerda la de sus brazos y su uno ochenta y cinco todavía quedaran cuarenta centímetros para llegar al suelo.

—¿A qué altura crees que está ese travesaño, Chamorro?

—Algo más de tres metros.

—Eso quiere decir que el que pasó la cuerda por ahí tuvo que lanzarla o subirse a algo muy alto. Una maniobra extraña con un cadáver quemándole las manos. Por más que le doy vueltas no acabo de explicarme este refinamiento de colgarla. Es una pérdida de tiempo inútil, salvo que el que lo hiciera creyera que no íbamos a descubrir que cuando la colgaron Eva ya estaba muerta.

—¿Y qué pasaría si hubiera sido así?

—Imaginaríamos que hubo tortura, sólo psíquica y lo que pueda doler en las muñecas que te cuelguen, porque no hay otras heridas. Eso sugeriría un maníaco, o bien un crimen con un móvil muy concreto. Averiguar alguna cosa, coaccionar a alguien. A la propia Eva o a otra persona.

—¿En relación con qué?

—No lo sé, Chamorro. Lo que está más o menos claro es que colgarla es un intento de que parezca algo que no fue. Por ejemplo, la muerte fue por algo prosaico, nada de perversiones como las que quieren hacernos ver. O si te pones en la otra hipótesis, se trata de encubrir que no hubo exactamente un móvil que justificara la muerte. Si la policía busca a un maníaco, o a quienes podían tener un móvil para torturar y matar, el asesino, que en uno y otro caso quedaría fuera del perfil, estaría a salvo.

—No acabo de entenderlo. ¿Qué es eso de que no hubiera un móvil?

—Que a la chica la mataron por accidente, o por error. O lo hicieron porque sí, simplemente —apuntó el brigada.

—¿Porque sí?

—Sin haberlo pensado antes; porque alguien, en un momento dado, la odió lo suficiente.

—Eso es —confirmé—. No resulta extraño. La mayor parte de los homicidios los cometen personas que no saben que van a matar hasta el preciso instante en el que clavan o aprietan el gatillo. Muchas veces la muerte les es útil para algo, robar, defenderse, vengarse. Pero algunas veces no reporta ninguna utilidad. Eso es una muerte porque sí.

—¿Y qué deduce de todo eso, mi sargento? —habló Satrústegui, inopinadamente. Al contrario que Perelló, su interés por el crimen era palpable, y su cauto cerebro, porque lo es el de todos los hombres que hablan poco, ya había llegado a alguna conclusión que quería contrastar con mi respuesta.

—Lo que deduzco es que nos hallamos ante una mente criminal muy rudimentaria, un aficionado. Y no sólo por el apresuramiento con que preparó su patraña. Ya que la colgaba podía haberla quemado con un cigarrillo, por ejemplo, si quería hacer creíble lo de la tortura. El caso es que al final se llega a la verdad por las pistas y los hechos, no por las suposiciones. Salvo muy raras excepciones, es más importante el trabajo de averiguar con quién, cuándo y cómo trató la víctima que intentar guiarse a priori por la razón por la que la mataron o las singularidades psicológicas que se le adivinan al malvado que lo hizo. Montar este decorado nunca te salva de las huellas que hayas podido dejar, sólo crea un pequeño embrollo que a un investigador sensato no le costará deshacer cuando tenga lo que importa.

Otro aspecto interesante era la relativa distancia que había, en línea recta sobre el suelo, entre el travesaño al que se había izado a Eva y la puerta a cuyo pomo se había atado la cuerda. Casi seis metros.

—¿Y esto? ¿Nadie ha pensado en esto, mi brigada?

—En qué.

—La distancia al pomo. No sé demasiada física, pero esto es puro sentido común. Si se sube un cuerpo pesado de la forma en que se subió el cadáver, el esfuerzo aumenta a medida que aumenta la distancia desde la que se ejerce la fuerza sobre el punto de apoyo, es decir, el travesaño. Lo lógico es situarse más o menos debajo, para ayudarse con el propio peso, y no a seis metros. Supongamos que a pesar de todo el cuerpo se sube así y es después, con el cuerpo ya elevado, cuando se va hacia la puerta. A medida que uno se aleja, es necesaria más fuerza para sujetar, porque se pierde la ayuda del propio peso. Y durante un instante, cuando se va a atar la cuerda al pomo, hay que hacer frente a todo el trabajo con una sola mano.

—Yo debo saber todavía menos física que tú, sargento, pero parece lógico lo que dices. Creo que sé a dónde vas.

—Si hizo esto, Regina Bolzano es la mujer de sesenta años más fuerte de la Historia y de parte de la Mitología.

—O sea, que no la mató ella —se precipitó, por una vez, Satrústegui.

—No la colgó ella, que es distinto. Pero es cierto que eso, si no refuta, sí debilita la teoría de que fuera la asesina.

A continuación seguimos el rastro de sangre que había quedado por la casa. Las balas habían entrado limpiamente y eso podía justificar que los restos no fueran muy abundantes, pero me extrañó que apenas eran manchas dejadas por roce directo. Estaban en el salón, el comedor, el pasillo y un dormitorio, en el que se había situado el crimen. La cama estaba limpia.

—¿Qué es lo primero que nos llama la atención en esta habitación? —pregunté a mi ayudante.

Chamorro miró arriba y abajo.

—Muy poca sangre —dijo.

—Eso es una cosa. La otra es que la ventana da justo a uno de los chalets de al lado. El mejor sitio para que dos disparos sin silenciador sean oídos por los vecinos que nada oyeron.

—Ya sabe que había verbena —recordó Perelló, sin mucho empeño.

—Desde luego. Una casualidad propicia. Dejaremos aparte el hecho de que nuestro aficionado fue tan aficionado como para no preocuparse de limpiar una sangre que desmontaba, por si el informe forense no fuera bastante, su intento de hacernos creer que Eva murió colgada de esa cuerda. No es muy escandalosa, pero a nada que se hubiera fijado la habría visto. Eso quiere decir que estaba nervioso y tenía prisa. Tal vez había entrado en la casa de forma no muy ortodoxa.

—¿Qué quieres decir?

—Digo que esa ventana es muy baja, y que no es raro que en verano esta gente, acostumbrada a la seguridad de sus países, no tenga cuidado en dejar todas las ventanas bien cerradas. Para quien viene sin llave de la puerta, puede ser la forma de entrar.

—¿Y eso?

—Eso es otro voto en contra de la culpabilidad de Regina Bolzano. Ella tenía llave. Y quiere decir que a Eva no la mataron aquí. La trajeron aquí, y posiblemente no con la intención expresa de cargárselo a Regina, sino de alejar prudentemente el asunto. El número de la cuerda lo hicieron para terminar de liarlo todo.

—Sí, vas muy bien —juzgó Perelló—. Pero falta algo. Las huellas en el revólver. Si la mataron aquí podría encajarse. Si la mataron en otro sitio, es otra canción. ¿Cómo llegó el revólver adonde fuera y volvió con las huellas?

—Aquí no vamos a resolverlo todo. Lo que pasara fuera hay que resolverlo fuera. Por desgracia. Esta casa está resultando muy elocuente.

—Según para quién. Me descubro, sargento. Lástima que todo lo que has encontrado sea lo que no queríamos encontrar. Te auguro una charla desagradable con Zaplana.

Chamorro y Satrústegui permanecían callados. Noté que Chamorro reprimía su admiración y que Satrústegui estaba impresionado. Lo de Satrústegui me resultaba más neutro, pero que Chamorro me admirara me confortaba, sobre todo después de haberme creído, y con algún fundamento, rendido al encanto moreno de una italiana sin pudor. Uno debe tener cuidado al reconocer que otros reconocen su mérito, pero tampoco hay que darse contra toda circunstancia a la modestia. Que después de toda la noche en vela me funcionara la cabeza era algo que a mí mismo me pasmaba.

Mientras andábamos revolviendo en los cajones, de los que he de consignar que no obtuvimos nada en absoluto, la puerta del chalet se abrió. Era Barreiro. Con él venían un capitán, un sargento y otro número. Creo que no había visto tantos uniformes juntos desde el último desfile al que había tenido que asistir.

—Buenos días —tronó el capitán. Perelló se cuadró y Satrústegui hizo lo mismo. Chamorro, que no iba de uniforme sino con unos pantalones y una camiseta, no supo qué hacer, aunque se puso más o menos firme. Yo me limité a incorporarme.

—A sus órdenes, mi capitán —dijo Perelló—. Éstos son el sargento Vila y la guardia segunda Chamorro, de Madrid.

—A sus órdenes —dijimos ambos.

Estrada era uno de esos tipos que lo tienen todo cuadrado y rectilíneo, hasta las circunvoluciones del cerebro. Lo gritaba su cara.

—¿Cómo va eso? —preguntó.

En cuanto Perelló le hubo explicado algunas vaguedades, a las que no añadí nada, emprendí sin muchas contemplaciones la huida:

—Bien, creo que nos hemos hecho una idea. Más vale que nosotros nos retiremos, antes de que sea más tarde. A sus órdenes, mi capitán.

A Estrada le fastidió que hiciera tan poco homenaje a su rango.

—¿Tiene prisa, sargento?

Aquella situación era engorrosa, me caía de sueño y sobre todo no me interesaba que a Chamorro y a mí nos vieran los vecinos en medio de una bandada de guardias. Así que dudé pero al final tomé el camino expeditivo:

—Tengo un problema, mi capitán. Estoy tratando de pasar desapercibido, y ésta no es la mejor manera.

—Vaya. ¿Va a decirme lo que tengo que hacer?

Los guardias, Chamorro incluida, contenían el aliento. Perelló alzaba imperceptiblemente la vista hacia el alto techo del salón.

—Jamás, mi capitán. Sólo me preocupo de lo que yo debo hacer.

—No sé si sabe contar estrellas, Vila. Tal vez no les enseñan eso en Madrid. Las que hay aquí —se señaló el hombro— significan que hará lo que yo diga.

—Siento discrepar. Dejando aparte la fórmula del saludo, no estoy a sus órdenes. Adiós, capitán.

—¿Cómo dices, muchacho?

—Digo que me voy y que mi ayudante se viene conmigo. Y si no le gusta me arresta. La mili es así de fácil, así que no tiene que discutir. Luego se lo explica a mi comandante. A mí me es indiferente. Hago lo que él me manda. Vamos, Chamorro.

Chamorro se deslizó hasta la puerta sin hacer ruido y yo fui tras ella. Estrada quería fulminarme como quizá nunca había querido nada en la vida, pero no se atrevió. Perelló permaneció imperturbable. Cada vez me caía mejor aquel hombre.

Capítulo 10
TAMBIÉN SON DÉBILES

Cuando regresamos a nuestra vivienda, Chamorro seguía anonadada. Aunque su padre fuera coronel y lo viera en zapatillas o sin afeitar, todavía estaba reciente en su memoria el tiempo de academia, en el que alguien con tres estrellas en el hombro es un semidiós, coartada que muchos infelices aprovechan para imponerle al mundo su presencia con una intensidad desproporcionadamente superior a la que su entidad justifica.

—En menudo lío nos hemos metido, mi sargento.

—Hasta que no volvamos a Madrid, soy Luis, o Rubén si estamos solos. Ya sé que ha sido un poco violento, pero no debes dejarte impresionar por el ruido, querida.

—Podemos habernos buscado la ruina. Dará parte.

—No lo creo. Antes que dar parte podía habernos llevado al cuartelillo. El ridículo ya lo ha hecho, y delante de su gente. Por poco seso que tenga no creo que quiera aumentarlo por escrito.

Chamorro no comprendía nada.

—¿Cómo puedes estar tan seguro?

—No preguntes tanto y piensa. Al contrario que a ese soldadito de plomo, a ti te pagan por pensar. ¿Te parece que estoy loco?

—Ya no lo sé, con perdón.

—Te aseguro que no lo estoy, o no más que tú. Si he hecho lo que acabo de hacer debe ser porque sé algo que me permite no respetar a ese capitán.

—¿Y qué es lo que sabes?

—Eso es lo de menos. La moraleja es que no hay que plantarle cara a alguien hasta haberle probado bien la fuerza. Ése ha sido el error de Estrada y mi ventaja. Te aseguro que mientras lo puedo evitar, no hago nada que no me conste que puedo hacer sin consecuencias. Verás, Chamorro, algunas virtudes según el espíritu militar son defectos para un policía. Por nuestra doble condición debemos guardar el equilibrio. En este caso, el equilibrio está en saber que el arrojo casi siempre sobra.

—¿Y no podías haber salido del paso de otra forma?

—Tenía prisa y preocupaciones más importantes que proteger el honor de Estrada. Si alguna vez ves que estoy estorbando te ruego que me lo hagas saber en seguida, y si no hay tiempo ni para eso, que me apartes sin más. Está bien que me respetes, pero está mejor que cumplas con tu deber. Esto no lo apliques con todo el mundo. Hay quien prefiere recibir un balazo antes que un inferior le empuje para impedirlo. Anda, vámonos a dormir de una puta vez. Éste ha sido el día más largo de mi vida.

Dormimos cerca de siete horas, lo que considerando el poco sueño que llevábamos a la espalda nos resultó una enormidad. Como siempre que duermo de día, cuando desperté no supe ni dónde estaba ni quién era yo ni qué era lo que había ocurrido en la última semana. Salí de ese angustioso estado como pude, me levanté y bebí mucha agua y una cocacola, brebaje que lo mismo arranca el óxido de los metales que la costra de un mal sueño. Después fui a despertar a Chamorro. Golpeé un par de veces, muy bajito, y no obtuve respuesta. Pegué bastante más fuerte y al cabo de unos segundos la oí gritar:

—¿Qué? ¿Qué pasa?

—Hay que ir a la playa. Ponte en pie.

Media hora después, en el coche, Chamorro seguía frotándose los ojos, pero se había despejado lo suficiente como para advertir que la ruta que yo había tomado no llevaba a la cala.

—¿A dónde vamos?

—Ya te avisé ayer, o esta mañana, cuando fuera. Vamos a ver a Andrea y a sus amigos. Ellos no van a la cala a bañarse.

—¿Y dónde van?

—Creí que te lo había contado Enzo. Pero igual podías deducirlo. Si no es la cala y allí iba también Eva Heydrich... Usa la información que tienes.

Nuevamente, Chamorro dio con algo con lo que no estaba completamente preparada para dar. De todos modos, se cuidó de no hacerlo notar demasiado.

—Ah —dijo tan sólo.

La playa nudista se hallaba situada en una cala algo más pequeña y de difícil acceso. Había un buen número de coches en la explanada donde terminaba el camino y abajo se veía un enjambre de enanitos naranjas que deambulaban sobre la arena. Descendimos por el abrupto sendero, en el que nos cruzamos con un par de enérgicos ancianos con todos sus colgajos al aire, tostados y desafiantes. Les dejamos pasar y nos lo agradecieron en algo que no era ni inglés ni alemán pero que se parecía a ambos.

Cuando llegamos a la arena, ordené a Chamorro:

—Allí hay un hueco. Vamos y dejamos cuanto antes de llamar la atención.

Mi ayudante estaba indecisa.

—Por Dios, Chamorro —la reprendí—. No he traído cámara.

Pero no parecía que fuese ése el problema.

—Verás —traté de suavizarle el trago—, a mí me da más o menos la misma vergüenza que a ti. No he ido a colegio de frailes, pero mi madre tampoco se paseaba en pelotas por la casa, precisamente. Esto lo hacemos como si nada y lo olvidamos. No soy Apolo. Cuando me quite el bañador comprenderás que yo tengo más razones para olvidarlo que tú.

Eché a andar hacia el sitio que le había señalado, dejé los trastos y me asimilé rápidamente al resto de los bañistas. Eso no le dejó a Chamorro otro remedio que sucumbir. Ser la única persona vestida hasta donde alcanzaba la vista debía resultar más embarazoso que el resto de las cosas que estaban pasando por su cabeza.

Mientras se despojaba de sus prendas, hice por mirar a otro lado, pero tampoco podía estar con el cuello torcido todo el tiempo. No habría sido verosímil. Así que me volví hacia ella y tuve que hacer un esfuerzo sobrehumano por mantenerme inmutable ante la ondulación inaudita y hasta ese instante secreta de sus púdicos pechos. Era un apuro porque ahora que la veía entera había de reconocer que Chamorro me gustaba todo lo que podía no convenirme que me gustara, pero recurrí a esas vacías fórmulas sobre el deber y las exigencias del servicio y al menos logré que no se produjera algo que me habría acarreado frente a mi subordinada un bochorno eterno.

—Como si nada —murmuré—. Anda, vamos a bañarnos.

Chamorro se puso en pie y me siguió, espiando de reojo a todos los que había por los alrededores, que como es lógico no le prestaban a ella y mucho menos a mí la menor atención. Aunque había una excepción en la que reparé por casualidad, un cuarentón bajito con barriguita, coleta y gafas reflectantes que estaba solo y se relamía sin mayor recato. Naturalmente, si hubiera sido un tipo musculoso de veinticinco años y dos metros habría buscado alguna forma de restarle importancia. Pero aquello estaba a mi alcance. Dejé que Chamorro me rebasara, con lo que de paso me sustraje a la intranquilidad de que ella fuera a mi retaguardia, y no porque me conste su fealdad, sino porque es una de las partes de mi cuerpo que yo mismo nunca he visto bien. Me fui hacia el de las gafas reflectantes y me puse en jarras, observándole de frente. Chamorro titubeó pero tenía demasiada prisa por procurarse escondite en el agua, así que prosiguió su marcha sin mí. El de las gafas reflectantes se reía al principio, pero cuando yo llevaba ya medio minuto plantado delante de él se vio en la obligación de decir algo:

—¿Qué pasa, hombre?

—Me preguntaba si unos cristales de espejo incrustados en el ojo serán o no más perjudiciales que unos normales.

—No seas tonto, tío. A ver si te crees que todo el mundo anda pendiente de tu chica.

—No me creo nada. Pienso en los cristales. ¿Eres bizco?

—¿Y tu puta madre?

Yo no le había faltado a él ni a su familia. Que él lo hiciera me irritó. Me acerqué, amagué un golpe en dirección a su entrepierna con la mano izquierda, para cuya innecesaria parada él movilizó como un resorte sus dos brazos, y mientras tanto le quité las gafas con la derecha. Las partí y las tiré al suelo.

—No han pasado la prueba. Compra otras.

El tipo se puso en pie.

—Oye, ¿qué te has creído?

—Que si ahora me doy media vuelta y me largo no vas a tener huevos de hacer nada.

—Te denunciaré.

—Adelante. Me llamo Bond. James Bond. Mi dirección la conocen todos —dije, mientras me alejaba.

Chamorro se había internado unos cuarenta metros en el agua, hasta llegar a una zona en la que cubría y podía hacer como que nadaba, a braza, por supuesto, que es el estilo con el que menos partes del cuerpo sobresalen. Yo nadé a *crawl*, para tardar menos en llegar junto a ella. Luego cambié a braza con la misma intención que mi ayudante. La mayoría de las parejas que estaban en el agua jugueteaban o se hacían arrumacos, pero estimé que no era necesario y podía resultar incluso contraproducente llevar a ese extremo nuestra simulación. Chamorro estaba mirando hacia la orilla y di en suponer que ya había empezado a trabajar:

—¿Los has visto?

—Todavía no —repuso—. ¿Qué hacías con ese hombre?

—Romperle las gafas. Si quiere mirar, que enseñe los ojos. ¿Más tranquila?

—Aquí sí.

—Pues lamento inquietarte. Creo que el único modo de encontrarlos va a ser pasear por la playa.

—¿Pasear?

—Sí. Como esa gente.

A todo lo largo de la orilla se veían parejas, grupitos, gente sola, que iban y venían en ambas direcciones, disfrutando del beneficio de caminar sobre la arena o sencillamente del paisaje.

—Vamos —la conminé.

Chamorro nadó tras de mí dócilmente. Con el pelo mojado se daba un aire a Veronica Lake. A mí siempre me ha turbado de un modo irracional Veronica Lake, y deploré acordarme en ese preciso instante.

Una vez en la orilla echamos a andar hacia el noroeste, es decir, hacia la otra punta de la playa. Eso implicaba que llevábamos el sol relativamente de cara y que todos los bañistas, a contraluz, aparecían barnizados de un tono caramelo oscuro que hacía bastante chocante nuestra palidez. Especialmente distinta y llamativa, frente al color uniforme de las mujeres que allí había, resultaba Chamorro, en diversos sitios que no era recomendable que me detuviera siquiera a nombrar para mis adentros. Mientras caminábamos, se me ocurrió que desde un punto de vista estrictamente práctico, es indiferente que las personas jóvenes y bien formadas usen o no bañador, mientras que las que no son tan jóvenes ni están tan bien formadas deberían prescindir de él en todo caso. Causaba una gran sensación de paz ver todos los abdómenes excesivos y fláccidos pendiendo o flotando libremente, sobre todo si se pensaba en esas carnes tiranizadas por cinturillas y tejidos elásticos que pueden verse en las playas de vestidos.

Llegamos hasta el final de la playa y volvimos, sin hallar ni rastro de los italianos. Eran casi las cinco y temí que hubieran decidido prescindir de la playa aquella tarde. Regresamos a nuestro sitio y nos tumbamos al sol. El de las gafas reflectantes, desprovisto de su defensa, me escrutó con rencor y yo le hice una higa. Entonces se levantó apresuradamente y se fue, con una sonrisa misteriosa. Por no volver a hablar de él, apuntaré ahora que cuando esa tarde, antes de marcharnos, hurgué en el bolso de playa, comprobé que mi reloj había desaparecido. Denuncié el caso a Perelló y tardaron poco más de doce horas en localizar al individuo y él poco más de doce minutos en confesar dónde había tirado el reloj. Lloriqueó algo acerca de unas gafas rotas, pero le aconsejaron que si no tenía pruebas se ahorrara poner una denuncia y que la próxima vez probara a darme una hostia en caliente. Que quién sabe, a lo mejor me podía.

Chamorro y yo nos tumbamos boca abajo, ella cruzando las piernas con bastante poca naturalidad, por aquello de los atisbos. Al cabo de un rato de sostenernos sobre los antebrazos y desde esa postura espiar lo que sucedía en la playa, sugerí que descansáramos un poco. A mí me dolían los codos y a nuestros vecinos podía empezar a molestarles nuestra vigilancia. Así que dejé caer mi cara sobre la esterilla y cerré los ojos. Relajé los músculos, aflojé la tensión mental y me adormilé. Hacía calor y el sol picaba, pero aquel abandono sobre la tierra y la desnudez tenía algo de placentero. Perdí la noción del tiempo y pronto no oí más que mi propia respiración y al fondo, como un rumor muy lejano, las voces de los bañistas y el batir de las olas.

De pronto, un chorro de agua helada en mi espalda me arrancó de mi letargo. Di un salto. Cuando estaba a punto de recordarle desabridamente a Chamorro el lado malo de la mili agrediendo la memoria de todos sus muertos, fijé la vista y vi a Andrea, que escurría su media melena mojada sobre mí. A decir verdad, lo primero que vi de ella y por orden sucesivo fueron partes de su cuerpo que no me habían sido presentadas antes. En cualquier caso, si por ahí no la podía reconocer, el hecho de que tal visión se me ofreciera, con el grado de inminencia con que se me ofreció, me inducía por sí solo a aguardar antes de formular una queja.

—Qué sorpresa encontrarte —celebró, divertida.

—Tú lo dudabas. Yo no —me rehíce sobre la marcha.

—Y has traído a María. Hola, María.

Chamorro se había erguido y soportaba a duras penas la atención que Enzo, que acababa de aparecer y la saludaba con la mano, consagraba de paso a su trasero. Por cierto que Chamorro tenía un trasero más bien respingón, ciertamente provocativo, aunque dudo que mi subordinada excusara por tal razón el interés del italiano.

—¿Cómo estás? —se las arregló para responder a Andrea.

—Sobre eso dejo que opinen los demás —replicó Andrea—. En mi trabajo siempre estoy rodeada de mujeres espectaculares, así como tú. De manera que he decidido no obsesionarme. ¿Qué opinas tú, Luigi?

Acepté su doble sentido:

—Opino que estás bien.

—Ya te dije que este chico me había gustado mucho, Enzo. ¿Sabes, Luigi? Enzo creía que no ibas a venir a verme. Yo le he dicho que o no conocía nada a los hombres o Luigi no se conformaba con quedarse a medias. ¿Tengo o no tengo razón?

La verdad es que sin estar borracho, el tipo de juego al que Andrea me invitaba me resultaba un tanto más laborioso y bastante menos ameno. Pero no podía aflojar.

—A cualquiera le sería muy difícil dejarte a ti a medias.

—¿Oyes, Enzo? Es un amor. ¿Todavía no os habéis bañado?

—Sí —se aprestó a informarle Chamorro.

—Pues venga, bañaos otra vez.

—A mí no me apetece todavía —se resistió mi ayudante.

—Bueno, seguro que a Luigi sí. Vamos, y dejamos a Enzo y María para que hablen de sus cosas.

Sabía que le estaba haciendo una canallada a Chamorro, pero el servicio es el servicio. Me levanté y cogí la mano que Andrea me tendía.

—Estás como la leche —juzgó al verme en mi humilde y completa desnudez.

—Es el primer día que vengo a la playa. Seguro que tú llevas más de diez.

Andrea estaba intensamente bronceada y lo exhibía con orgullo. Al contrario que Chamorro o yo, más o menos encogidos por nuestra falta de costumbre, ella caminaba con el busto alzado y las caderas sueltas. Con ello también compensaba su medianamente corta estatura. Tiró de mí y me obligó a corretear hasta la orilla, acción durante la que me sentí todo lo grotesco que uno pueda llegar a sentirse en el lapso de quince segundos, los que tardamos en alcanzar el agua y su abrigo.

Nadamos mar adentro. Por un instante me aterró la posibilidad de que sus habilidades anfibias fueran tan sobrehumanas como todos pintaban las de Eva Heydrich. Por fortuna se contentó con nadar unos ochenta metros y regresar en seguida a la zona donde hacíamos pie.

—¿Sabes lo que me chifla del mar? —gritó, mientras dejaba que el agua le estirara los cabellos.

—No.

—Que no lo puedes acabar nunca.

—No creas. Es redondo, como todo.

—No seas estúpido. Para verlo redondo hay que usar una máquina. A mí no me interesan las cosas para las que necesitas una máquina. Digo así, desnudo y sólo con tus fuerzas.

—Así puesto, no puedes acabarlo, claro.

Andrea hizo una pausa para bucear y dar tres o cuatro volteretas. Tanto dinamismo me abrumaba. Las personas dinámicas, con su conducta, me afean mi pasividad, y es en mi pasividad donde creo haber logrado las pocas cosas por las que me tengo algún respeto.

—Luigi —cambió de asunto a renglón seguido de la última voltereta—. Me parece que a María no le caigo bien.

—No creas. Es un poco tímida. Tarda en coger confianza.

—¿Tú sabes cómo le suelen gustar?

—¿El qué?

—¿Qué va a ser? Las mujeres. Si no le gustan los hombres le gustarán las mujeres, ¿no? ¿O es monja?

Andrea no perdía el tiempo, así que deduje que debía atajarla en su propio terreno y sin hacerle concesiones.

—Si quieres me voy y le pido que venga a explicártelo.

Andrea frunció el entrecejo.

—Oh, no te enfades, bobo. Sólo era curiosidad. ¿Estás celoso?

—¿De María? Nunca. Ella es mi amiga y tú todavía no.

—Estás enfadado —insistió.

Entonces, sin mediar más palabra, se vino hacia mí y me enlazó por las caderas con sus piernas. Me echó las manos al cuello y clavó en mí sus ojos plateados. Bajo sus pestañas húmedas, eran la segunda cosa más bonita y terrible que había visto en mi vida, justo después de la tormenta que había en el Atlántico cuando volé con mi madre desde Montevideo a Madrid.

—Si quieres que te jure que te quiero para siempre te lo juro —ofreció, conteniéndose la risa.

—¿Cuántas veces has jurado eso?

—Cuatro, y todas era verdad —y levantó la mano, para respaldar su afirmación—. Nunca he abandonado a nadie. A mí siempre me dejan. Tú me dejarás también, un día.

Andrea hablaba al azar, y sin embargo, si lo sopeso desde aquí, y en cierto sentido quizá involuntario, su pronóstico respecto a mí terminó cumpliéndose con escrupulosa y rara exactitud.

—¿Y María?

Andrea sacudió un par de veces la cabeza.

—A María creo que no podría quererla como a ti. No suelo querer a la gente que no me quiere. Pero es demasiado guapa para estar segura. No tengas miedo. Puedo querer a más de dos personas a la vez.

—No esperes que María se conforme con eso.

—Quien no se conforma eres tú.

Aquella situación era lo bastante absurda (o subsidiariamente, inédita en mi experiencia) para que no tuviera ni la más mínima idea de cómo procedía que yo reaccionara. Sin embargo, intuí que habría sido contraproducente que Andrea sacara la idea de que era verdad que yo rivalizaba con María por sus favores. Tal vez eso la decepcionaría. Así que rechacé su insinuación:

—No lo creas. Sólo tengo una duda que me fastidia un poco.

—¿Cuál?

—Si ayer hubiera ido solo, o si hoy hubiera venido sin ella, ¿te habrías interesado por mí?

—Claro que sí. Pero no lo mismo.

—¿Puedo hacerte una pregunta íntima?

—Todas lo son. Estamos desnudos en el agua.

—¿Qué tiene María que no tengan otras?

Andrea se lo pensó un poco.

—Es alta, no sólo alta: alta y fuerte —dijo, palabra por palabra—. Me recuerda a alguien. También era alta y fuerte. Los hombres altos y fuertes no son más que unos imbéciles. Las mujeres altas y fuertes son duras, te obligan a desearlas. Pero también son débiles, temen que las desees demasiado.

En ese momento advertí que Chamorro, en un acto de heroísmo, o harta de Enzo, o abrasada por el sol, había reunido las fuerzas suficientes para levantarse y venir hasta el agua. Nadaba hacia nosotros, perseguida por el braceo metódico del italiano. Pronto estuvo a nuestro lado. Creo que la frialdad del agua le impedía sonrojarse ante el espectáculo que ofrecía su sargento con una milanesa juguetona colgada del cuello. Pero en seguida tuvo sus propios problemas. Tan pronto como la vio venir, Andrea se soltó de mí y se fue hacia ella con aviesas intenciones.

La abordó por detrás, encaramándose sobre sus hombros y haciendo como que intentaba ahogarla, a lo que Chamorro reaccionó con aproximadamente la misma rigidez que un pura sangre al que se le hubiera agarrado al pescuezo un mono travieso. Mientras las veía así juntas, Andrea tan morena y mi subordinada tan pálida, tan opuestas físicamente, pensé en Eva Heydrich. Bajo el influjo de aquella extraña imagen, en mi cerebro empezó a formarse algo que tardé bastante en poder traducir a palabras. Algo que tenía que ver, por primera vez, con las razones profundas por las que Eva había podido vincularse con la vida y también con la muerte.

Capítulo 11
LA PISTA CHADIANA

Los chapoteos se prolongaron durante un tiempo que a Chamorro se le hizo largo y que a mí también me costó pasar, viendo cómo sufría la pobre. Cuando salimos del agua, Andrea le propuso jugar con las paletas, pero mi ayudante se negó. Sin duda la horrorizaba exhibirse en posturas tenísticas y probables escorzos, pero Andrea interpretó que la resistencia tenía otras causas, lo que visiblemente incrementó su interés y asentó nuestra posición frente a ella de cara a la investigación que nos incumbía. Tan pronto como Andrea, repelida por Chamorro, volvió a dedicarse a mí, quise iniciar, con toda la cautela, algunos avances en esa investigación. Sin embargo, la italiana estaba imparable. Primero me obligó a jugar a las paletas y luego me arrastró de nuevo al agua, donde me hizo nadar, llevarla a caballo y me prodigó su tumultuoso y desvergonzado cariño. Tras un rato de esto, retomamos las paletas y al cabo de cien o mil paletazos nos acaloramos y nos metimos otra vez en el agua. Así, del agua a las paletas y de las paletas al agua, transcurrió la tarde, y cuando el sol hubo bajado lo bastante como para que la estancia en la playa ya no resultara apetecible, me di cuenta de que, aunque trascendente en calidad, era bastante poco en cantidad lo que Andrea me había dejado descubrir. A cambio, había cometido actos por los que Chamorro jamás volvería a respetarme.

Por su parte, ella hubo de aguantar con estoicismo la compañía de Enzo. Al lado de Andrea resultaba un ser irrelevante, neutro, a ratos hasta nulo. Para aligerarle el trance, a media tarde aparecieron Rosina y Fabio. Una o dos veces vinieron junto con Enzo y Chamorro a bañarse con Andrea y conmigo, pero en general permanecieron más o menos al margen. Rosina y Fabio parecían sumidos en una especie de letargo. De vez en cuando Rosina besaba a Fabio en cualquier parte, en el costado o en la oreja, pero era como un tic, algo sin significado concreto.

Al fin, llegó el momento de irnos y Chamorro pudo cubrirse otra vez, lo que la alivió de forma indisimulable. Tampoco diré que yo lamenté enfundarme los pantalones, aunque sí que lo hiciera Andrea. Chamorro estaba bien, pero su ansiedad y mi deber me impedían disfrutar mirándola. Andrea era diferente. Su desnudez se exhibía tan plácida y airosa como el vuelo de una gaviota en el horizonte del crepúsculo.

Antes de despedirnos, Andrea se cercioró:

—¿Nos vemos esta noche?

—No podemos —la informé.

—¿Por qué?

—Tenemos otro compromiso.

—¿Con quién? ¿Dónde?

—No lo quieras saber todo, Andrea. —Y la besé en la frente. Eso tuvo la virtud de desorientarla, y que a continuación le diera la mano a Chamorro y echáramos a andar hacia el coche la desorientó aún más.

—¿Entonces aquí, mañana? —preguntó.

—Seguro.

Cuando Chamorro y yo estuvimos solos, protegidos por la intimidad del coche, mi subordinada exhaló un hondo suspiro.

—Al fin —dijo—. Ese Enzo es medio subnormal. Y no me quitaba los ojos del culo. —Y como yo sonriera, añadió—: A ti te hará gracia, pero es muy desagradable tener que soportar a alguien que sólo está atento a tu culo.

No había oído mal. Chamorro había dicho *culo*, dos veces, delante de su sargento. Estaba de veras irritada. Sobre la marcha, cambió de arma para atacarme y eligió otra vez a Andrea:

—¿Y cómo es que no has quedado con ella para esta noche, con lo dulce que está? Me ha dado pena, la chica.

—Esta noche tenemos otros planes, si no los has olvidado. —Recobré la seriedad—. ¿Qué has averiguado con Enzo? Habéis tenido tiempo para hablar.

—Cuando no está borracho es menos útil. Hemos hablado sobre todo de submarinismo y *windsurf*. Hasta hoy yo no sabía nada, pero ahora podría sacarme los dos títulos. En toda la tarde sólo he encontrado dos detalles que nos puedan interesar. Uno: Algo ha pasado recientemente que ha deteriorado sus relaciones, las de ambos, con Fabio y Rosina. No sé qué clase de relaciones podían tener antes de salir de Italia, pero cuando los ha visto acercarse, Enzo me ha hecho notar que durante las vacaciones se han arrepentido de venir con ellos. Dos: Enzo está enamorado de Andrea, hasta el punto de resignarse a que ella se divierta con quien quiera. No te imaginas cómo os miraba.

—Bien. Esto empieza tomar una forma. Ahora hay que ver cómo encaja aquí Eva. Lo haremos mañana. Aunque esta noche avancemos respecto a Lucas. El que hayamos sido capaces de abrir dos frentes nos obliga a trabajar más, porque no quiero descuidar ninguno.

—Ah. ¿Y eso es todo? ¿Es que no me vas a contar cómo ha ido esa ardiente aventura? —protestó mi ayudante.

Procuré adoptar una expresión de gravedad.

—No estás en una telenovela, Chamorro. Buscamos a un asesino, no emociones ni chismes. Si lo que te interesa es lo que debe interesarte, o sea, los datos, puedo contarte que tenemos algo sobre lo que pudo haber entre Andrea y la víctima. Y algo más bien oscuro.

Repetí para ella lo que Andrea me había dicho y le participé una parte, que pretendí inteligible, de mis impresiones al respecto. No omití, ni en lo que a ella afectaba, las consideraciones de la italiana sobre el encanto de las mujeres altas y fuertes.

—En todo esto hay algo asqueroso —opinó Chamorro.

—Yo no sé si sería tan drástico.

—A ti no se te ha restregado Enzo por la espalda, como a mí Andrea.

—Es cierto. Y mentiría si dijera que eso me habría gustado. Pero siempre pensé que las mujeres eran más comprensivas con estas cosas.

—Yo no soy nada comprensiva, con estas cosas.

—Ya veo.

Chamorro quedó en silencio. Al cabo de medio minuto, volvió a hablar, con más precaución y más despacio:

—Mi sargento, debe prometerme algo.

—Debe ser algo gordo, cuando me restituyes el tratamiento.

—No contará a nadie nada de lo que ha pasado esta tarde.

Rehuía mi mirada y se sonrojaba por momentos. Nunca pude llegar a pensar que entre Chamorro y yo fuera posible una camaradería estrecha o una confianza absoluta, porque éramos muy diferentes, porque para alguien como ella resultaba muy difícil relajarse ante mí y porque para un hombre poco moderno y algo burdo como yo soy resulta más que complicado mantener una relación sosegada con una mujer demasiado atractiva. Sobre todo desde que la había visto en aquella playa de la forma en que la había visto. Pero en ese momento, en el que reclamaba, casi exigía, que aquel secreto para ella doloroso fuera guardado con celo, la sentí próxima como jamás antes la había sentido. No me costó complacerla:

—Te lo prometo. Ni aunque me lo mandara un juez y me amenazara con la cárcel.

Chamorro giró la cabeza y dejó que nuestras miradas se cruzasen.

—Gracias, mi sargento. Por la promesa y por lo demás. Ya que ha habido que hacerlo, me alegro de que haya sido con usted.

No quise darle vueltas a lo último para no correr el riesgo de malinterpretarlo. Así que traté de apartar su atención y la mía del particular:

—Olvídalo, Chamorro. Déjate de *mi sargento* y vamos a asegurarnos de que tenemos claro lo que vamos a hacer esta noche.

Aproximadamente a las once y media, después de la ducha, la cena y un exhaustivo repaso del plan y de las piezas que empezaban a amontonarse sobre la mesa, dejé a Chamorro en la puerta de Ardent.

—Voy a aparcar el coche donde no se vea mucho. Estaré por aquí, hacia la parte de atrás. De vez en cuando me asomaré. Suerte y tranquila. Sólo es un macarra de pueblo y le llevas la ventaja de que él no sabe quién eres tú.

Pese a este comentario despreciativo sobre Lucas, improvisado para animar a Chamorro, intuía que no convenía que me dejara ver más de lo imprescindible en el interior de la discoteca. Por mucha oscuridad que reinara allí dentro, me daba que Lucas era uno de esos sujetos a los que no se les escapa nada o casi nada de lo que se mueve a su alrededor. Si era verdad que había sido soldado y había peleado en una guerra, era pronto para que hubiera perdido la costumbre de estar en todo momento pendiente de quién hay detrás, delante y a ambos lados, cerca o en la distancia.

Mientras Chamorro se internaba en el local, yo fui a dejar el coche. Dentro de él cumplí la primera media hora de espera, sin que se produjera ningún acontecimiento reseñable. Después hice mi primera incursión, en la que constaté que mi ayudante estaba en la zona de la pista más próxima a Lucas. Ella bailaba y Lucas le hacía señas a las que ella respondía cada tanto. Todo muy pacífico. Fui a apostarme al sitio convenido y allí me dispuse a morderme las uñas durante otro tiempo prudencial.

Era la hora de mayor afluencia. La hora a la que se mezclaban los últimos adolescentes, los que ya conseguían arrancar de sus progenitores, al menos durante el veraneo, licencia para traspasar la medianoche, con los primeros trasnochadores libres y adultos. En otro sitio la coexistencia de ambas comunidades, por selección espontánea y quizá también por higiene social, habría sido impensable. Pero Ardent era la única discoteca de la urbanización, café solo para todos. Así los casanovas preseniles, metiendo adiposidades con furia, inconscientes aún de su ya exigua erogenia, podían hacerse ilusiones con las muchachitas, que los toleraban sólo en el raro y desventurado caso de que poseyeran un deportivo o una moto muchísimo mejores que los de algún joven disponible.

Entre el ir y venir de gente, localicé inesperadamente una cara conocida: la de la mujer escuálida pero abultada de busto que trabajaba en el restaurante; la misma que nos había relatado un accidentado encuentro con Eva, ocurrido la misma noche en que a la austriaca la habían echado de Factory. La mujer no entró por la puerta principal, sino por una de servicio practicada en un lateral del edificio. Logré que no me viera. Me intrigaba lo que pudiera hacer allí no sólo por el detalle de su anormal procedimiento de acceso, sino por la prisa sigilosa con que se movía y sus ropas de trabajo y no de baile. Cualquiera que fuera el propósito que la llevaba allí, no era algo que pudiera explicar de forma satisfactoria a cualquiera que la interrogara.

Cuando ella hubo desaparecido, me quedé durante un rato repasando lo que recordaba de lo que me había dicho días atrás. Entre sus palabras se había deslizado algo anómalo, algo que yo había dejado pasar sin meditar lo suficiente. Esta sensación la tenía con bastante intensidad, pero era incapaz de precisar la causa exacta de mi extrañeza. Hice esfuerzos por localizarla entre la propia madeja del recuerdo y no tuve ningún éxito. Hasta que lo intenté por un procedimiento diferente. ¿Qué podía llevarla allí? Estábamos espiando a Lucas y lo primero en lo que se detuvo mi mente fue él. Entonces se hizo la luz. La cosa anómala era que aquella mujer había descrito la conducta de Eva ofreciéndole dinero como lo que se habría hecho con *una negra del Chad*. Si hubiera dicho *una negra del Congo* no habría tenido nada de raro. Era una referencia común para ese comentario racista, lo mismo que Guinea o Zambia o Gabón. Lo raro era hablar de un país como el Chad, que en primer lugar no es tan representativo del África negra y en segundo lugar resulta, por lo general, poco familiar para los españoles. Salvo para aquellos, como Lucas, que hubieran servido en la Legión Francesa en África. Dependiendo de la época, Chad podía ser para él mucho más que un nombre: podía haber combatido allí. La pista era sutil, pero sugería poderosamente la posibilidad de una conexión entre ambos. Y lo notable era que la mujer había dicho tener un marido que trabajaba en Factory, no en Ardent. Veinte minutos después de haber entrado, la mujer escuálida salió por el mismo sitio, con bastante menos prevención y un malhumor violento. Algunas horas después, cuando pude recibir el informe de Chamorro, supe que en esos veinte minutos había sucedido algo de lo que mi ayudante había sido parcialmente testigo y que confería una inopinada y sospechosa verosimilitud a la pista *chadiana*.

A medida que fue avanzando la noche, pude ir advirtiendo en mis ojeadas periódicas que la intimidad entre Chamorro y Lucas iba creciendo. Las dos últimas veces, ella ya estaba con él en la cabina de pinchadiscos, seleccionando la música y compartiendo su bebida. Me despistaban el gesto cálido del ex legionario y su apostura, para nada ruda o acanallada. Era un sujeto de fina y precisa elegancia, ya fuera natural o resultado de alguna instrucción sin duda ajena a la recibida en el cuerpo mercenario. Chamorro, por su parte, se mostraba bastante más suelta que la noche precedente. Quizá caprichosamente, imaginé que la tarde en la playa y el ejemplo exagerado de Andrea habían obrado al menos ese efecto beneficioso.

Abandonaron la discoteca a la una y media, es decir, una hora antes de su cierre. Eso me inquietó, aunque había una razonable probabilidad de que no tuviera importancia, porque Lucas dispusiera de algún sustituto al que pudiera dejar a cargo de su cabina sin mayores dificultades. Subieron al vehículo del pinchadiscos, un cupé japonés negro, bastante viejo y sucio del polvo de los caminos de la isla. Les dejé la oportuna ventaja y seguí la pareja de luces rojas en medio de la noche. Al principio, Lucas tomó algunos atajos que me hicieron temer que no se dirigieran a un lugar habitado y me obligaron a dejar entre ambos un trecho tan grande que a cada momento me arriesgaba a perderle. Finalmente, se comprobó que el ex legionario sólo se aprovechaba de su conocimiento de la comarca para acortar el trayecto. Llegamos al puerto deportivo. Allí entraron en una cervecería no muy grande. Aparqué y me aproximé con discreción. En la cervecería sonaba música tradicional alemana. Una elección hasta cierto punto peculiar, aunque bastante terapéutica después de una larga sesión de ritmos sintéticos. Me asomé y los vi sentados al fondo del local, conversando apaciblemente tras dos jarras de medio litro.

Allí estuvieron cerca de una hora. A la salida Lucas hizo alguna propuesta y entonces Chamorro rehusó, conforme a lo previsto. La insistencia del hombre fue breve y cortés. Tras comprender que la negativa era firme, siguió a Chamorro hasta el coche y le abrió la puerta, sin despojarse de su quieta y limpia sonrisa.

Luego hubo que recorrer en sentido inverso los atajos. Lucas no aceleraba de forma inmoderada, como cualquier veterano de aquellos andurriales. Progresaba a la velocidad justa para mantener la calma y para que la mantuviera también quien con él viajase. Una vez en la urbanización, se dirigió hacia la calle donde estaba nuestra casa, pero se detuvo en un cruce anterior. Pasaron cinco o seis minutos antes de que Lucas saliera del coche. Rodeó el vehículo y le abrió la puerta a mi ayudante. Ella salió y en el instante en que estuvieron cercanos tuvo una vacilación que resolvió, para mi asombro, con un rápido beso en los labios del antiguo servidor de la Francia. Después echó a andar con premura. Lucas no volvió a entrar en el coche hasta que ella hubo desaparecido de su vista.

Eran las tres y media. Aguardé a que Lucas se fuera y me reuní con Chamorro en el chalet. Estaba en la cocina, bebiendo agua. Su saludo fue un tanto destemplado:

—¿Hemos acabado por hoy?

—Si te refieres a los paseos por ahí, sí.

—Entonces permíteme que me cambie. No puedo soportar más tiempo llevarlo todo tan pegado. Casi no me puedo mover.

Chamorro se bajó de sus tacones, con los que rebasaba mi estatura un buen pedazo, y se fue a su habitación. Yo me quedé dando vueltas a las razones por las que podía comportarse así. Cuando regresó llevaba ropa deportiva. Se sentó en el sofá y cruzó las piernas sobre él. Era la primera vez que hacía algo semejante.

—Querrás el informe —dijo, con desgana.

—Si no sirve para incomodarte.

—Perdona, estoy un poco mareada. No suelo beber.

—Confío en que no se te haya subido a la cabeza.

Chamorro asintió, medio ausente.

—Yo también.

Seguidamente Chamorro me dio su meticuloso informe, que fue, aproximadamente, así:

—Desde luego, quien crea que Lucas es un chulo de playa al uso se equivoca de medio a medio. En toda la noche, no ha intentado absolutamente nada que pudiera hacer pensar que se proponía algo más que pasear y tomar una copa. No baila, aparte del movimiento a que le pueda obligar estar todo el rato cambiando esos discos. No presume de nada y no suelta un piropo que pueda herir a la mujer más susceptible. Fundamentalmente pregunta y escucha. Eso ha sido un problema porque me he tenido que inventar tantas cosas que al final no sabía si las mentiras más nuevas eran coherentes con las del principio de la noche. Mientras escucha te mira todo el rato a los ojos y no parpadea nunca. Bueno, sí parpadea a veces, pero con tanta lentitud que parece que no parpadee. Te vas a reír. En eso me lo imagino cuando tenga setenta años, porque mi abuelo, antes de morirse, miraba así. También era moreno de piel y ancho de frente y tenía los ojos un poco del color del caramelo, más cansados y con un trozo de cortinilla gris que luego supe que eran cataratas. La cuestión es que he tenido que hacer un buen esfuerzo para no rehuirle, porque a mí los ojos me escocían de mantenerlos a esa altura y me daba cuenta de que cuando parpadeaba lo hacía mucho más deprisa que él. Pero si algo ha notado, no ha variado por eso su actitud hacia mí. En fin, empezando por el principio: nada más llegar me puse a bailar, hasta que estuve segura de que me había visto. Le estuve esquivando un rato, y él no hizo nada por atraer mi atención. Cuando decidí volverme hacia él, estaba pendiente de mí y me dedicó una especie de saludo militar, pero usando un par de dedos. No me gusta la gente que hace saludos de ese tipo en la vida civil. Sin embargo, él lo hace con cierta gracia, no sé, le queda simpático. Me acerqué y le conté bastante pronto nuestra supuesta discusión, mi hartura, mis propósitos de dejarte, etcétera. Entonces me invitó a pasar a su reducto. Sólo si quería y sin ningún compromiso, dijo. Mientras iba poniendo la música, pude comprobar cómo le asediaban las chicas. No les hace mucho caso, sin dárselas tampoco de guapo. Ellas tonteaban un poco, parecían aceptar que no había nada que hacer y se iban después de observarme a fondo. Con una excepción. Cuando apenas acababa yo de entrar en la cabina, vino alguien a quien conoces: la mujer flaca del restaurante. De muy mala forma le exigió que saliera de su sitio para hablar un momento, si lo tenía. Lucas la rechazó con frialdad y ella amenazó con armar un escándalo, no de palabra, sino empezando a armarlo. Ante eso, resignado y como odiándola, Lucas se avino a apartarse con ella. Me pidió excusas, dejó a alguien a cargo y se fue con ella a un sitio que no pude ver. Reapareció solo, al cabo de un cuarto de hora. Sonrió, volvió a pedirme perdón y no me dio más explicaciones. De la mujer flaca, ni rastro. No vi ni por dónde salió. Un rato después, dijo estar cansado por aquella noche y propuso ir a tomar algo por ahí. Lo propuso él, ahorrándome la iniciativa. Sabes a dónde fuimos y lo que hicimos. Nada más que hablar. Puede que fuera un poco más amable a cada minuto, pero siempre correcto. Y aquí viene lo interesante, sobre todo en un tipo tan templado: en el puerto deportivo, Lucas cometió dos errores. Al ver que estábamos allí, se me ocurrió forzar sólo un poco la suerte y le propuse ir a un sitio del que me habían hablado bien y que no conocía: Abracadabra. Su negativa fue inmediata, y sin necesidad me dio una justificación confusa. Ésa fue la primera vez que me mintió y yo lo supe y sus ojos pestañearon deprisa. La segunda fue media hora más tarde, delante de las jarras de cerveza. A un comentario mío sobre la coincidencia de vivir en la misma calle donde sucedió el asesinato, y sobre el hecho de que nadie conociera mucho a la víctima y a la presunta asesina, Lucas afirmó con rotundidad que por no saber, no sabía ni cómo era la cara de Eva Heydrich.

Capítulo 12
EL ÚNICO HEREDERO

Según terminó Chamorro de relatarme la inesperada forma en que Lucas se nos había puesto a tiro aquella noche, me vi en la obligación de felicitarla.

—Bravo, Chamorro. Sea lo que sea, lo tenemos. Esto es como preparar un petardo. Hemos prensado la pólvora y tú te las has arreglado para poner la mecha. Ahora sólo hay que buscarse una cerilla y explotarlo. Y a ver de qué color sale el humo. Porque salir, saldrá.

—¿Crees que lo hizo él?

—Creo que, al contrario que Regina Bolzano, él *pudo* hacerlo. Él puede ser buen tirador, tanto como para matar a una persona con sólo dos tiros del 22 a ocho metros, uno en el cuello y otro en el punto exacto de la sien. Lo cierto es que ahora que pensamos que pudieron matarla lejos de la casa no estamos seguros de que fueran sólo dos tiros, pero el de la cabeza sigue siendo demasiado precioso. Él también tiene fuerza suficiente como para colgarla, con un solo brazo si hiciera falta. Hay algo que no termina de convencerme, pero es sólo un capricho mío: Lucas, pese a sus deslices de hoy, no me parece la clase de estúpido que gastaría sus fuerzas y un tiempo valioso en preparar la escena de la casa.

—¿Y la flaca?

—La flaca es la prueba de que la suerte existe. Por si no bastaran para acusarle sus mentiras, al tipo lo hemos relacionado con un personaje que dio en protagonizar para nosotros una intensa y gratuita representación a propósito de Eva Heydrich.

—¿Representación?

—Después de averiguar que tiene que ver con Lucas lo que ese sentido incidente al que tú has asistido sugiere, me apostaría una mano a que su desdeñoso recuerdo de Eva no es del todo sincero.

Chamorro construyó una mueca de disgusto.

—Creo que te veo venir. ¿No le das una oportunidad a nadie?

—Con Eva Heydrich, a poca gente. Y desde luego, la flaca no sería mi primer candidato. Es más que probable que le tuviera celos. O a lo mejor los tenía de Lucas. Quién sabe, Chamorro, quizá tú también te habrías enamorado de ella. La vida es complicada.

—No apuestes sobre mis enamoramientos. Habla por ti.

—Yo ya he aceptado hace tiempo que me habría costado trabajo resistirme. Creo habértelo confesado, incluso. Pero el detective debe ser desapasionado. Por cierto, ¿y ese beso de despedida?

Chamorro se sonrojó, aunque muy ligeramente. Debió de atraerla durante un instante la posibilidad de dejar sin respuesta mi indiscreción. Con todo, optó por enfrentarla:

—¿Puedo decir la verdad?

—Te lo ruego.

—Lo hice, en primer lugar, porque me apeteció. En segundo, y sólo en segundo, por dejarlo interesado, contando con que me enviarías de nuevo a sonsacarle.

—Contaste bien. ¿Dirías, Chamorro, que Lucas es un tipo atractivo?

—Ya lo he dicho. Ya sabes cuándo besa la española.

—Cuánto de atractivo.

—Mucho. Más que Enzo, más que tú. No sé cómo se mide eso. Mucho.

En aquel momento en el que me arrojaba a la cara su preferencia por otro hombre, por un sospechoso de homicidio o hasta de asesinato, mi ayudante acertó a estar más encantadora que nunca, y yo fallé cediendo en mi resistencia a ese fenómeno hasta extremos desconocidos. En el último momento pude recobrar el control y dejé que abajo, en un pocito de mi alma, se quebrara para siempre una delicada varilla de vidrio que ya no habría ninguna ocasión de enseñar a la luz.

—Y Andrea —me sacó de mi abstracción—, ¿es atractiva?

—El español cuando besa puede hacerlo por un millón de razones bastardas.

—Eso no es una respuesta.

—Sí es atractiva. Menos que debió de serlo Eva. Ya que concretamos tanto, supongo que incluso menos de lo que puedes serlo tú. Pero se esfuerza, y eso compensa. En cualquier caso, no pretendía organizar un concurso de belleza. Hasta cierto punto, se trata de un aspecto marginal.

Permanecimos ambos callados durante algunos minutos. A Chamorro se le abría la boca y a mí se me caían los párpados. En el salón había una media luz que hacía lamentar especialmente que fuéramos un sargento y un guardia más o menos de servicio. Que me constara que en la mente de ella pesaba más que a mi presencia el recuerdo del ex legionario.

—¿Y ahora? —rompió el silencio mi subordinada—. ¿No crees que deberíamos dejar a los italianos y ocuparnos de esto?

—De ninguna manera. No tenemos tiempo para equivocarnos. Hemos dado con dos rastros buenos. No podemos soltar ninguno. Es más. Acabo de tener una idea luminosa que quizá pongamos en práctica cuando el asunto esté un poco más en sazón.

—¿Qué idea?

—Por hoy está bien, Chamorro. Vamos a dormir.

—¿Es que no vas a contármela?

—No. Pero te dejo descubrirla.

A la mañana siguiente, o esa misma mañana, pero a las doce y media, tuvimos un inusual despertar. Llamaron al timbre con insistencia. Cuando fui a abrir, todavía con los ojos llenos de legañas, me di de cara con una especie de marciano de colores fluorescentes. En cuanto pude fijar un poco más la vista comprobé que era alguien con un llamativo traje de ciclista, con visera y gafas espejeantes incluidas. Tan pronto como al despertar de mis ojos se unió el de mi cerebro identifiqué al que estaba debajo del disfraz. Era nada más y nada menos que Satrústegui.

—Joder, Satrústegui, pasa.

—A sus órdenes, mi sargento.

El chalet, como casi todos los de la zona, no tenía teléfono. Pocos propietarios se arriesgan a que un inquilino venido de quién sabe dónde y de paso fugaz disponga de tal artilugio para dejarle como despedida un recibo inolvidable. Tampoco se nos había ocurrido que fuera necesario suplir esa carencia con un teléfono móvil. Personalmente me había abstenido de pedirlo porque soy de la opinión de que el teléfono móvil es el más salvaje y abyecto atentado que el progreso tecnológico ha producido contra uno de los pocos tesoros espirituales del hombre: la soledad. A veces estar solo es incómodo, por ejemplo si te pican ciertos puntos de la espalda. Pero nada que merezca la pena deja de tener sus inconvenientes. En buena medida, la precipitación a la hora de eliminar ciertos problemas e ingeniar ciertas soluciones es lo que está destruyendo la civilización occidental. Sin embargo, no es éste el lugar ni el momento de ocuparse de tales asuntos, sino de aclarar que ante la ausencia de otro medio, y ante lo avanzado de la mañana, Perelló se había visto obligado a recurrir al expediente de mandar a un heraldo de incógnito. Y allí estaba Satrústegui, apremiado por explicarse y quizá deseoso de ir a cambiar también sin demora su atuendo deportivo por el siempre más respetable uniforme.

—Me envía el brigada —dijo, mientras se quitaba las gafas de sol—. Hemos recibido una llamada de Palma. El comandante Zaplana quiere que se presenten ante él inmediatamente.

—¿Y sabes para qué?

—No, mi sargento.

—Está bien. Dile al brigada que vamos para allá. Si consigo que Chamorro se levante.

Este último comentario debió de confundir aquella mente cuidadosa. Pero Satrústegui, por encima de la disciplina, abrigaba inquietudes. Si no hubiera elegido vestirse de verde habría podido ser bioquímico o filósofo. Antes de irse, no pudo reprimir una flaqueza:

—¿Han avanzado mucho?

—Lo sabremos cuando hayamos terminado, Satrústegui. —Y agregué, para no dejarle sólo con eso—: La verdad es que podría ir mucho peor.

—Así que lo tienen cerca.

—Oficialmente la sospechosa es una mujer —despejé su comentario.

—Si le vale de algo, hay algo que desde el principio he sospechado.

—¿Qué?

—Que no la mató nadie de fuera. Fue alguien de aquí. Ningún extranjero.

—¿Y qué le lleva a pensar eso?

—Los extranjeros vienen a cuatro cosas, la playa y la discoteca y emborracharse por la noche. Terminan los quince días y se largan. Los de aquí llevan entre manos toda su vida, con lo bueno y lo malo. Hay más posibilidades.

—Una teoría innovadora. Nada concluyente, pero no seré quien la refute.

—Piénselo, mi sargento.

—Lo haré —prometí, todavía perplejo por los peculiares engranajes mentales de Satrústegui.

Cuando fui a desperezar a Chamorro advertí que ya estaba levantada y haciendo su cama.

—Buenos días. ¿Qué pasa? —preguntó sin mirarme.

—Que nos vamos a Palma. Zaplana nos recuerda que existe.

Chamorro se irguió.

—Es por lo del capitán, ¿verdad?

—Lo dudo mucho. No te asustes tan rápido. Deberías temer más a Lucas que a Estrada. Importan más los galones que a un hombre le pone la vida en el alma que los que el rey le prende o hace que le prendan al hombro.

Antes de ir hacia Palma pasamos por el puesto. Perelló me recibió tranquilo, como siempre.

—Yo que tú no me apuraría —me apaciguó—. Por lo que me han dicho de Palma, han debido de encontrar algo sobre la suiza y sobre la chica. Y también debe ser que Zaplana está acelerándose porque no te has dignado informarle hasta ahora.

—Estamos en un mal momento para dejarlo, mi brigada. Si vamos allí me huelo que perderemos todo el día. Voy a llamar por teléfono a Zaplana.

—¿Me aceptas un consejo?

—Desde luego.

—No le llames. Vas, escuchas lo que tenga y lo toreas como mejor sepas. Pero no le plantes cara. Zaplana no es Estrada. Si te toma antipatía por cualquier razón gastará su última gota de sangre en ahogarte. Le gusta sentirse jefe y si le llamas para rectificarle creerá que tratas de discutir su autoridad. Ahora casi todos los oficiales son unos cagados, te lo digo yo que conocí a los de hace treinta años y hasta guardo en el cuerpo el recuerdo de alguna hostia. Pero a Zaplana hay que llevarlo con ojo.

—Amén, mi brigada. Pero es mal momento para perderlo.

—No te pongas nervioso, hombre. Tienes toda la vida por delante.

Recorrimos la distancia hasta la Palma, o sea, hasta el mismo despacho de Zaplana, en menos de una hora. La carretera era peligrosa y Chamorro carraspeó un par de veces su reprobación ante un par de adelantamientos por línea continua obligando al contrario a lamer casi todo el arcén.

—Si esto va contra tus principios quizá deberías solicitar el traslado a Tráfico —le espeté después de una de las escaramuzas viarias, con una mala intención algo excesiva. Estaba bastante enfadado. A veces me pasa, como a casi todo el mundo, que me revienta que haya un cretino que pueda obligarme a despegar el culo de donde a mí me apetecía tenerlo puesto. No es grave y hay que saber dejarlo correr. Chamorro supo. No despegó los labios durante todo el trayecto.

El comandante, contra el augurio de Chamorro y en parte contra el mío propio, estaba de un excelente humor. Nos recibió con una sonrisa que le daba la vuelta al cráneo.

—Adelante, sargento. Está en su casa.

En cuanto nos hubimos sentado, el comandante reveló:

—Hay novedades. Y de las buenas. Pero antes de contarles lo que han averiguado mis guardias de provincias ardo en deseos de que me participen los hallazgos de los especialistas.

—Bueno, verá, mi comandante —vacilé—. Tenemos varias cosas muy avanzadas, pero nos falta todavía darle la orientación general para empezar a sacar conclusiones. Es un momento crítico. Estamos justo al borde de tener una buena hipótesis, y bastante completa. Ahora andamos ajustando los detalles que si quiere le cuento.

—Adelante —consintió Zaplana, con una puntita de impaciencia, que tanto podía ser de la buena como de la mala.

Le referí un trozo apreciable de lo que juzgaba más claro tras nuestras pesquisas. Me reservé todas mis presunciones y algunos de los datos que yo no había tenido tiempo de contrastar lo suficiente como para darles todo crédito. También omití cualquier aspecto que pudiera menoscabar la honra de Chamorro, que estaba vigilante a mi lado. En lo que me callaba estaban algunas de las claves de las que esperaba más fruto en el futuro, pero en lo que le confié había datos suficientes como para devaluar seriamente la pista Bolzano. Por sus incongruencias y por la sólida verosimilitud de otras. Con esto quiero decir que no estaba cargándome la teoría de Zaplana sin ofrecerle una buena alternativa. Había creído que ésa era la estrategia adecuada y prudente, pero ya desde el principio estaba perpetrando mi equivocación y no había forma de enmendarla. Zaplana se ocupó de hacérmelo saber tan pronto como terminé mi exposición:

—No sabe cuánto celebro que hayan ido a la playa y lleven una bonita vida nocturna con italianos e italianas y hasta antiguos legionarios. Demuestra que poseen aptitudes para las relaciones públicas. Pero tal vez si se preocuparan un poco más de los hechos y de Regina Bolzano, aunque resultara menos emocionante, podríamos liquidar este trabajillo de mierda con el que hemos intentado imperdonablemente apartarles de sus diversiones. Ya comprendo que por un lado sólo teníamos unas caprichosas huellas dactilares y una inocente desaparición y por el otro su portentosa agudeza psicológica. Pero si me conceden su atención quisiera someterles algo que humildemente creo que podría servir para equilibrar la balanza.

Ni en la más torcida de mis pesadillas habría podido concebir a un Zaplana irónico. Pero allí estaba, henchido, superando las mejores prestaciones de Pereira, que también era un artista superdotado para mostrar calma cuando estaba a punto de romperle el espinazo a algún incauto. Y era a mí a quien estaba a punto de arrearle. Me preparé para lo peor. A mi lado, Chamorro perdía perceptiblemente la fe en mi capacidad de supervivencia.

—Mientras ustedes se hallaban inmersos en las peligrosas aguas de una investigación de verdadera altura científica —comenzó a explicar—, nosotros seguíamos con nuestras tareíllas rutinarias. Gracias a ellas, y en el marco de nuestra burocrática relación con el consulado austriaco, nos llamó la atención un hecho en apariencia poco relevante. Por orden de un juzgado de Viena, vinieron a solicitar toda la documentación que acreditara el fallecimiento de Eva Heydrich y sus circunstancias. Un funcionario del consulado estuvo aquí haciendo la gestión. Uno de mis guardias oficinistas le dio conversación y supo que el papá de Eva Heydrich había iniciado un procedimiento judicial urgente para formalizar la herencia de su hija. Muerta sin testamento ni descendencia, él era el único heredero. La madre de Eva, antigua esposa del señor Heydrich, murió de un cáncer hace bastantes años. ¿Y qué podía tener Eva, aparte de ropa y alhajas? Pues bien, entre otras pequeñas pertenencias, Eva tenía la empresa en la que su diligente papá está empleado como presidente. Porque he aquí que el señor Heydrich no es un brillante comerciante hecho a sí mismo, salvo que se admita la forma de hacerse a sí mismo consistente en preñar y desposar a la hija del dueño. Que tal era la señora Heydrich cuando Eva fue concebida. Estas confidencias del funcionario del consulado han sido contrastadas con la policía austriaca. También se nos ha informado de que la pobre Eva, además de los negocios relacionados con el comercio, era titular de una ingente fortuna inmobiliaria. Ahí donde la ven, colgada como un jamón serrano en el culo de esta isla. En este punto, cabe hacer dos objeciones. Primera objeción: Que la hija de uno sea rica y uno no lo sea tanto y resulte quedar como el único heredero no implica necesariamente que uno quiera asesinarla. La prisa por formalizar la herencia, si bien se mira, es una medida de prudente administración que debía ser tomada incluso en medio de la consternación por la reciente pérdida. Segunda objeción: No hemos visto hasta ahora qué pueda tener que ver en esta desgraciada historia familiar una suiza llamada Regina Bolzano, cuya importancia señalaba al principio. Pues bien, de nuevo una oscura operación de uno de mis hombres nos ayuda a encontrar una sorprendente salida para estas dos objeciones, sin duda atinadas y pertinentes. Obtuvimos de la compañía aérea la lista completa de las personas que venían en el vuelo procedente de Milán en el que Regina Bolzano llegó a la isla. Sin tener más datos, ninguno de los nombres decía nada, salvo uno. Aunque la verdad es que decía mucho: Heydrich, Klaus. Y vaya casualidad: Regina vino en el asiento 7A y Heydrich, Klaus, en el 7B. No me negarán que es una deferencia cederle la ventana a la dama. Klaus debe de ser un caballero. Ahora bien, ¿cómo es posible cometer un error de ese calibre? Aventuro una explicación, ya que es un hecho que el error fue cometido: Klaus y Regina escogieron un país al que despreciaban lo suficiente como para estar tan convencidos de que no tenían nada que temer de su policía. Regina había visto a los guardias patrullando con cierta pachorra por el lugar al que iba de vacaciones. Los extranjeros confunden mucho el fondo con la forma. Debió de invitar a Klaus a que lo comprobara por sí mismo, o quizá vinieron juntos a ultimar los preparativos. Luego ella invitó a Eva o entre los dos se las arreglaron para que acudiera. Puede que los del yate estuvieran implicados, pero como mucho fueron cómplices y ya habrá tiempo de ocuparse de ellos. Por mi parte me inclino a pensar que no tienen nada que ver. No es necesario, entre otras cosas, porque Regina debía de conocer lo bastante bien a Eva como para prescindir de eso. Durante el último año, las dos estuvieron viviendo en Milán. Durante seis meses, en la misma dirección. ¿De qué conocía Regina a papá Heydrich? Bien, un puñado de guardias de provincias no podemos llegar a todas partes. Confío en que sus múltiples obligaciones sociales les dejen tiempo para rematar ésta y otras lagunas de nuestra rudimentaria investigación.

En mi vida he hecho varias veces el ridículo, pero nunca de una forma tan humillante por tantas razones a la vez. Por citar sólo algunas: la cara de Chamorro, la ligereza con que había subestimado a Zaplana, el placer y la suavidad con que Zaplana se vengaba de que yo le hubiera subestimado, lo insignificantes y grotescos que aparecían mis rastreos en las peripecias sentimentales de Eva Heydrich y en su intrincada personalidad ante la prosaica realidad de un puñado de sociedades mercantiles y propiedades inmobiliarias. No tenía mucha más salida que unirme al enemigo y procurar hacerlo de una manera no demasiado vergonzante.

—No veo qué reparo se puede hacer a todo eso —murmuré—. Está bien ensamblado y es contundente. Todo lo que no es lo que la guardia segunda Chamorro y yo hemos sacado hasta ahora.

Me detuve a tomar aliento y me atreví a añadir:

—A pesar de todo, sigo pensando que Regina no pudo hacerlo, o no pudo hacerlo sola. Y vista la trama, me sorprende más la aparente improvisación con que se simuló que el crimen había sido en la casa. Si le parece, mi comandante, creo que debemos encontrar a quien ayudó a Regina y descubrir por qué dejaron el cadáver así. Con eso, que no debe resultar muy difícil, muy mal se tendría que dar para no cerrar el caso.

Zaplana sabía perdonar:

—Lo que dice está puesto en razón, sargento. Dejando a un lado nuestras diferencias, creo que su observación de la escena del crimen fue brillante.

En ese momento sonó el teléfono. Zaplana cruzó una vertiginosa sucesión de monosílabos con quien hubiera al otro lado de la línea y se puso en pie. Antes de colgar dio orden de que nadie se moviera y apresuró una felicitación. Cuando dejó el auricular sobre su soporte, redondeó ante nosotros su impresionante triunfo:

—La cazamos. A la suiza. Vengan conmigo.

Capítulo 13
MÁS BIEN EL PÁJARO

Regina Bolzano había caído en un edificio de apartamentos situado al sur de la isla. Según todos los indicios, estaba haciendo tiempo hasta que los aeropuertos o los puertos relajaran la vigilancia. La habían reconocido unos vecinos que habían visto su foto en un periódico. Nada especialmente glorioso para las fuerzas que se habían desplegado por toda la isla en su busca, pero como siempre se dice en el fútbol en reivindicación de los delanteros centro, había que estar ahí para marcar.

Al mando de la operación se hallaba un capitán muy joven, de transparentes ojos azules. Respondía al apellido Baena y debía de ser andaluz, uno de esos andaluces un poco tristes y envarados que excepcionan la regla.

—¿Cómo ve a la sospechosa? —inquirió Zaplana, tras el protocolo de las presentaciones.

—Bien —repuso Baena—. Se le nota el cansancio, pero está como si le hubiéramos quitado un peso de encima atrapándola. Resignada.

—¿La han interrogado?

—De forma preliminar. No ha pedido abogado. Niega su participación en los hechos. A cualquier otra pregunta se encoge de hombros, sin más. Y no ha explicado por qué desapareció.

—Espléndido. Vamos, sargento.

Llegamos a la puerta tras la que se encontraba la detenida. Zaplana se detuvo y me cogió del brazo.

—Supongo que no es conveniente que seamos muchos.

—Cuanto más relajada esté, mejor.

—Entonces entren usted y su ayudante solamente, sargento.

—Pero yo...

—Usted lleva esto. Y confío en su capacidad, por si le ha dado otra impresión antes. Trabaja honradamente, como cree que debe hacerlo. A mí con eso me sobra. Es suya, Bevilacqua.

Ya debía haberme hecho sospechar el hecho de que Zaplana pronunciara con esa soltura mi apellido. No afirmaré que se desvanecieran todas mis reservas hacia su carácter y hacia su competencia, al margen de la fortuna, para un asunto como aquel que teníamos entre manos. Pero sí es cierto que había desbordado la irreflexiva idea que de él me había hecho como individuo y como jefe después de nuestro primer encuentro. Eso era lo que pasaba por mi cabeza cuando recité la fórmula que entre militares tantos significados posibles contiene:

—A sus órdenes, mi comandante.

Regina Bolzano era una mujer, más que vieja, avejentada. Pudo influir en esta apreciación el que no llevara maquillaje o el que su deteriorada y teñida cabellera desconociera desde hacía tiempo los cuidados de un peluquero. También lucía unas gafas de montura poco favorecedora. No estaba más gruesa que otras mujeres de su edad, pero su tez era amarillenta y en sus manos empezaban a mezclarse las pecas que debía poseer desde siempre con las que son indeseado obsequio de los años. Vestía unos tejanos gastados y una ancha camisa de algodón con las mangas hasta la mitad de los antebrazos. Nos observó con una expectación fatigada.

—Buenas tardes, señora Bolzano. Ésta es la guardia Chamorro y yo soy el sargento Bevilacqua.

—¿Es usted italiano? —preguntó, con sorpresa, en esa lengua.

—No. Y tampoco hablo el idioma.

—Yo hablo español, regular.

—Exprésese en italiano, si le resulta más cómodo. La entenderemos. ¿Entiende usted bien el español?

—Bastante.

Procuré ordenar en mi cabeza todo lo que sabíamos. Chamorro abría su bloc y se disponía a tomar notas.

—¿Sabe por qué ha sido detenida?

—Sí. Por la muerte de Eva. Pero yo no lo hice.

—Me dicen que ha renunciado a su derecho a designar abogado. De todas formas, debo advertirle que en tanto no venga el abogado de oficio no podemos proceder a tomarle declaración oficialmente. Esto no es más que un cambio de impresiones sin ninguna trascendencia legal.

—No necesito un abogado. ¿O van a pegarme?

Regina era fría y sarcástica, o al menos posaba como tal. Nada que tuviera semejanza con la supuesta asesina pasional que en un primer instante la habían creído casi todos.

—Yo creo que sí lo va a necesitar. ¿Dónde estaba en la noche del veinte al veintiuno de agosto?

—¿A qué hora?

—A todas las horas.

—Hasta las doce en casa. De doce a doce y media dando un paseo por el puerto deportivo. De una a ocho durmiendo en la playa. Luego fui a casa otra vez y allí encontré a Eva.

—¿Alguien puede confirmarlo?

—Que estuve hasta las doce en casa, sólo algún vecino que me viera salir. En el puerto hablé con un camarero del club Abracadabra, a eso de las doce y media. En la playa estuve sola. Salvo al principio.

—¿Puede explicarme mejor lo de la playa?

—No lo va a creer.

—No presuma nada. No hay nada que yo desee creer especialmente.

—Me extraña. Fui a la playa a buscar a Eva. Me habían dicho en el club que había ido allí con una gente.

—¿Con qué gente?

—No me precisaron. Los vi luego.

—¿Y por qué iba a buscar a Eva Heydrich?

—Éramos amigas. Tenía que hablar con ella.

—¿De algo en particular? Según nuestra información, ambas vivían en la misma casa. ¿No podía esperar a que regresara?

—No estaba segura de que fuera a hacerlo.

—¿Habían discutido?

—No exactamente.

—¿Había algún problema entre las dos?

—Depende de lo que considere un problema. Sí, imagino.

—¿Cuál?

—Es difícil hacerlo comprender a un desconocido. Simplificando, Eva acababa de comunicarme que no disfrutaba con mi compañía y a mí eso no me hacía demasiado feliz.

—¿Y con qué intención iba en su busca?

—No sé. No tenía un plan concreto. Quería hablar con ella, nada más.

Regina contestaba con seguridad. Y lo hacía deprisa, sin importarle que la acosara. Parecía haberlo aceptado como algo inevitable.

—Está bien. Continúe.

—Cuando llegué a la playa ella estaba con dos personas a las que nunca había visto antes.

—¿Amigos de Eva?

Regina se encogió de hombros y rió con amargura.

—No conocía a todos sus amigos. Eso era imposible.

—¿Podría describir a esas dos personas?

—Ella era una chica joven, bueno, un poco mayor que Eva, delgada, poca cosa, morena de pelo. No se me ocurre nada para distinguirla. La vi mal, muy de lejos. El chico tendría más o menos la misma edad que la chica, también moreno de pelo, mediana estatura, bastante normal. Lo único peculiar era que llevaba una barba de siete u ocho días.

—¿Tenía mal aspecto?

—No. Los dos iban bien vestidos. Se estaría dejando crecer la barba.

—¿De dónde diría que eran?

—Españoles, sin ninguna duda. Hablaron poco, pero se nota mucho cuando alguien habla en español y es nativo.

—¿En qué lo nota?

—En las jotas y las erres y las zetas.

—¿Y qué ocurrió?

—Le pedí a Eva que habláramos un momento. Ella se negó. Yo insistí y ella me echó, o me dijo que me largara, póngalo como quiera. Mientras trataba de convencerla, los dos chicos cuchichearon y señalaron algo detrás de mí. Fui a volverme y eso fue todo.

Chamorro interrumpió sus notas y yo indagué en la socarrona sonrisa que colgaba de los veteranos labios de Regina.

—¿Cómo que eso fue todo?

—En fin, para ser exactos, todavía hubo una cosa más: un golpe. Aquí. Puede tocar el bulto.

Regina me ofreció al tacto un lado de su cráneo. Toqué con cuidado. Estaba hinchado y tenía una herida a medio cicatrizar.

—Desperté sobre la arena, seis o siete horas más tarde —prosiguió—. Eva y los otros, y quienquiera que fuera el que me dio, se habían ido. Por suerte no me habían robado el coche. Fui a casa y cuando llegué la encontré, a Eva, colgada del techo. Creí por un momento que era el golpe en la cabeza, pero me acerqué a ella y noté lo fría que estaba y entonces me di cuenta de que no se trataba de una alucinación.

—¿Por qué desapareció?

Regina se irguió un poco para responder:

—No lo sé. Tuve miedo, o no quise explicarle a la policía todo lo que iba a tener que explicar. A lo mejor me temí que me acusarían de todas formas, por la relación que habíamos tenido, porque apareciera en mi casa, porque ella era muy guapa y joven y yo casi una vieja. El caso es que no lo sé, y no puedo decirle más. ¿Usted sabe por qué hace todo lo que hace, sargento?

—Procuro, como todos. Ha estado varios días escondida. ¿No se le pasó por la cabeza la idea de que desapareciendo lo más normal era que atrajera todas las sospechas sobre usted?

—Desde luego. Pero intuí que eso ya no tenía remedio. Mejor si podía huir y darles tiempo a que averiguaran que lo hizo otro.

—¿A usted le parece que su actitud me resulta convincente? No me refiero a mí en particular, sino a cualquiera que enfrente los hechos.

Regina enseñó las palmas de las manos.

—Asumo que quizá no.

—¿Y no tiene interés en que eso cambie?

—Claro. Tarde o temprano atraparán al culpable, ya se lo he dicho. Entonces tendrán que creerlo. Mientras tanto, no me queda otra salida que conformarme con mi suerte.

—Tal vez no lo entiende. Mientras la tengamos a usted y no acierte a convencernos de que no lo hizo, no hay necesidad de buscar a otro.

—¿No hay presunción de inocencia aquí?

—Sí. Pero hemos encontrado el revólver. Con el que la mataron.

—¿Y?

—Tiene sus huellas.

Aquello la sorprendió o fingió muy bien que la sorprendía. Tras un segundo de zozobra, y sin el desparpajo que había venido manteniendo, empezó a contar, despacio:

—Verá, yo tenía en la casa un revólver, para defenderme. La mayor parte del tiempo estaba sola, y aunque ya sé que no es legal era una forma de sentirme protegida. Lo más lógico es que tuviera mis huellas. Debieron de encontrarlo en la casa y lo utilizarían con guantes o algo así. Cuando me marché, al ir a cogerlo, vi que no estaba en el cajón.

—¿Por qué omitió ese detalle antes?

—No me preguntaron por él directamente.

—¿Y no creyó que pudiera tener importancia? ¿No pensó que los disparos que terminaron con la vida de Eva Heydrich podían ser de esa arma que le habían robado?

—Desde luego que sí. Lo que no pensé fue que el arma tuviera mis huellas. Habría debido pensarlo, ya le digo que me parece que es lógico.

Eso era todo. Regina Bolzano había patinado en un asunto peliagudo, nada menos que el del arma empleada en el crimen. Un error de ese calibre, en mi experiencia, solía acarrear cuando menos la inquietud del interrogado. Pero ella se había rehecho sobre la marcha. Aquella mezcla de sangre fría y de inconsciencia, unida al resto de la información de que disponía sobre el caso, me inclinaba más al desconcierto que a la certidumbre.

—¿Cuáles eran exactamente sus relaciones con Eva Heydrich?

Regina levantó los ojos hacia el techo.

—¿No se ha hecho ya una idea?

—No. Hágamela usted.

Regina se volvió entonces hacia Chamorro y se quedó contemplándola con una expresión entre insolente y misteriosa. Mi ayudante soportó sin inmutarse su escrutinio.

—¿Cómo te llamas? —habló al fin la suiza.

—Se llama Chamorro. ¿Se acoge a su derecho a no contestar a mi pregunta?

—Quiero decir de nombre de pila —eludió mi requerimiento.

—Virginia —intervino Chamorro, con aplomo.

—Virginia. Como Virginia Woolf. ¿Has leído algo de ella, querida? —Y dedicando a mi subordinada lo que en otro tiempo, cuando su cuerpo y su rostro no habían sufrido aún la ofensa de la edad, podía haber sido una seductora disposición, hizo memoria y declamó con oficio—: *Y el tigre saltó, mientras la golondrina se mojaba las alas en oscuros estanques, al otro lado del mundo.* Una bonita metáfora, ¿no? La escribió hacia 1930, un poco antes de que yo naciese.

Traté de recuperar el mando de la situación:

—Señora Bolzano, esto no es un salón de té. Si quiere luego recitamos unas poesías y jugamos al *backgammon,* pero ahora estamos tratando de establecer si tenemos que acusarla de asesinato, y por si no se ha enterado, vamos camino de establecerlo.

—Parece que a tu jefe no le gusta Virginia Woolf —opinó para Chamorro.

—¿Debo interpretar que no desea confiarnos la naturaleza de sus relaciones con Eva Heydrich? —deduje, con desgana.

Regina se volvió hacia mí y recuperó su frialdad.

—Si quiere oírlo de mis labios, le complaceré. Nuestras relaciones eran que yo me acostaba con Eva, cuando podía, y que ella dejaba que lo hiciera, cuando le venía en gana. ¿Es suficiente con eso o hace falta que aclare si había también amor?

—¿Lo había?

—Por mi parte, sí. Por la suya, naturalmente, no. Y no me escandalizaba, aunque me doliera. Hace treinta años Eva habría podido quererme, porque yo era otra, mucho mejor. Ahora sólo me soportaba, no siempre. Yo no le pedía tampoco más. A partir de cierto momento hay que aceptar ésa y otras cosas todavía más desagradables.

—¿Dónde se conocieron?

—En Milán, donde vivo, o vivía.

—¿Vivía ella allí? ¿Desde cuándo?

—Desde hacía un año, que yo sepa.

—¿Con usted?

—Ya no. Es decir, desde antes del verano.

Aproveché su momentánea docilidad para atacar por otra parte:

—¿Conoce a Klaus Heydrich?

—Así se llamaba o se llama su padre, creo.

—¿Le conoce?

—Jamás le he visto. Ni en fotografías. Eva nunca me enseñó ninguna.

—¿Está segura?

—¿Por qué no había de estarlo?

Al insistir en su mentira, la primera que yo podía identificar sin ninguna duda como tal, a Regina Bolzano no le había temblado la voz ni lo más mínimo. Fuera cual fuera su responsabilidad en los acontecimientos, desde luego estaba lejos de ser una incapaz. Traté de sorprenderla:

—¿Quién la ayudó a eliminarla?

—¿Cómo?

—¿Quién fue su cómplice? ¿Quién colgó a Eva de la viga?

—Se equivoca.

—¿Era de aquí? ¿Cuánto le pagó?

—No sé de qué me habla. Se lo juro.

Le dejé unos segundos para que recapacitara. La mujer permanecía entera. Si era una ficción, había estado preparándola minuciosamente. Ni se traicionaba ni se ponía nerviosa.

—Está bien. Vamos a mirarlo por un momento a su manera. Usted no tuvo nada que ver. ¿Quién lo hizo entonces?

—No tengo ni la más remota idea. Acaso fueron los de la playa, pero ni los había visto antes ni los he vuelto a ver después.

—¿Por qué cree que la mataron?

La suiza se tomó su tiempo.

—He estado meditándolo mucho, todos estos días —aseveró—. No entiendo esa saña de dejarla allí colgada, aunque no negaré que a veces ella sabía resultar exasperante. En eso consistía en parte su juego, pero había mucho más. Eva era una criatura muy poco corriente. Estaba siempre mezclada con alguien y sin embargo su corazón era remoto. A menudo aparentaba pasión, pero en el fondo daba la sensación de que no sentía nada. Bien mirado, ese trozo de la vieja Virginia del que me acordé antes sirve bastante para retratarla. Por un lado, la imagen violenta del tigre que salta sobre su presa. Por otro, esa golondrina que se moja las alas en los estanques, siempre al otro lado del mundo. Aunque la mayoría de la gente se dejaba guiar por el espejismo fácil del tigre, creo que ella era más bien el pájaro. Vivía entre nosotros, pero su alma estaba allí, perdida entre las aguas quietas y oscuras de un país lejano. Si quiere que haga una apuesta, apuesto que alguien no pudo o no supo aceptarla así como era y no se le ocurrió nada menos idiota que matarla. Si pregunta si me consta que fue así o quién lo hizo, no me consta ninguna de las dos cosas.

Regina Bolzano estaba dotada para la lírica. Aunque su discurso lo había vertido en italiano, el idioma en que ganaba a la vez velocidad y toda su fuerza de convicción, Chamorro y yo lo habíamos seguido como si hubiera hablado en nuestra lengua materna. Por primera vez la sospechosa parecía conmovida por el sentimiento. Juzgué que era la ocasión para tratar de arrancarle algunas informaciones más precisas:

—Señora Bolzano, le seré sincero. Hoy por hoy, la única posibilidad que tiene de no ser inculpada es que demos con otros sospechosos a los que podamos relacionar con el crimen de forma más concluyente que a usted. Quiero que me diga si le suena el nombre de Lucas.

Regina se revolvió al instante, reconstruyendo su compostura.

—En absoluto —dijo.

—¿Y el de Andrea?

—Ése sí. Eva me presentó a alguien llamado así, en el

puerto, un par de días antes de que la mataran. Una chica de Milán, no muy alta, de ojos claros. ¿Sospechan de ella?

—Por ahora sólo sospechamos de usted, señora Bolzano. Le recomiendo que reflexione sobre su situación. Si tiene que rectificar algo, rectifíquelo deprisa. Seguiremos hablando.

Me dispuse a levantarme. Entonces Regina me tomó del brazo y me clavó una mirada entre la exigencia y la súplica.

—Yo no fui, sargento —aseguró—. Verá, no me considero una mujer pusilánime. Cuando compré un arma admití que podía tener que usarla y tal vez quitarle a alguien la vida. Pero quiero que crea una cosa, porque es la pura verdad. Nunca habría podido reunir el coraje necesario para dispararle en la cabeza a Eva Heydrich.

Capítulo 14
AQUÍ FALTA ALGUIEN

Después de dejar a Regina Bolzano esperando la llegada de su abogado para prestar declaración en debida forma, trámite del que ya se ocupaban Baena y sus hombres, nos reunimos con Zaplana.

—¿Y bien? —fue su apremiante recibimiento.

—Lo niega todo.

—Pero miente.

—Que yo sepa, en un par de puntos ha mentido sin lugar a dudas. Y sin pestañear, habría que añadir.

—¿Cree que es el tipo de persona que podría estar implicada?

—Desde luego. No es una pobre vieja llorona, por si alguien había contado con eso. Otra cuestión es cómo lo está y hasta dónde. Tendremos que trabajar más para probarlo y poder aspirar a derrumbarla. Con lo que tenemos en este momento dudo que consigamos arrancarle una confesión.

—¿Le ha dicho todo?

—Me he guardado lo del avión en el que compartió vuelo con Klaus y lo que hemos averiguado acerca del posible móvil. También las circunstancias de las distintas relaciones de Eva que Chamorro y yo hemos ido descubriendo. Estimo que debemos cerrar un poco más nuestra hipótesis antes de tratar de utilizar lo que sabemos para acorralar a Regina. Hay demasiados puntos oscuros en cuanto a cómo se desarrolló todo. Y a ella eso no creo que podamos sacárselo. Hay que obtenerlo por otra vía. ¿Piensa pedir a la policía austriaca que investigue a Heydrich?

Zaplana exhaló un suspiro.

—Su presencia en Viena el día del crimen está comprobada —dijo—. Desde su anterior visita, sólo ha venido a la isla, según los registros de que disponemos, cuando tuvo que autorizar la repatriación del cadáver. Para que los austriacos investiguen a fondo sus movimientos deberíamos tener algo más preciso que lo que hemos podido reunir hasta ahora.

—En ese caso sólo hay un sitio por donde podamos continuar.

—Adelante, sargento. Suerte, y no repita errores —advirtió.

—Descuide.

Eran aproximadamente las cinco y no habíamos comido casi nada. Cuando nos separamos del comandante, le sugerí a Chamorro que fuéramos a algún sitio donde nos pudieran ofrecer un refrigerio. Encontramos un restaurante frente al mar, no muy concurrido. La brisa era placentera y la concentración de moscas razonablemente baja. Allí nos sentamos. Durante un buen rato ninguno abrió la boca.

—Lo que hemos hecho no parece haber valido para mucho —rompió el silencio mi ayudante—. Es como si ahora tuviéramos que empezar de cero.

—El derrotismo es una grave falta contra las virtudes militares, Chamorro. Y en este caso es, además, una completa equivocación. Tenemos mucho más de lo que crees.

—¿Por ejemplo?

—Por ejemplo, tenemos que Regina niega conocer a Lucas y afirma conocer a Andrea. Tal vez no le hayas prestado el debido interés, pero de todo lo que nos ha dicho resulta, con mucho, lo más significativo.

—¿Ah, sí?

—Lucas es un tipo muy singular. Si ella conocía a algunos amigos de Eva, como afirma, me extraña que no conociera a uno que vivía tan cerca y que no pasa fácilmente desapercibido. Ahí hay una mentira.

—¿Y Andrea?

—Observa cómo nos ha detallado Regina las circunstancias en que se la presentaron, *un par de días antes de que la mataran,* y cómo se ha apresurado a preguntarnos si sospechábamos de ella. Una de dos: o es verdad que no intervino en la muerte de Eva y sospecha de Andrea, y entonces deberíamos comprobar por qué; o intervino en el crimen y cree que puede favorecerle acusar a Andrea, y entonces me intriga todavía más la razón que pueda tener para comportarse así.

Chamorro torció el gesto.

—Cuando hablabas con el comandante me ha parecido que no dudabas que Regina estaba implicada en el crimen —apuntó—. Y también que al comandante le complacía que no dudaras.

—Esta mañana no dudaba, porque todavía no había hablado con la sospechosa. Y después de hablar con ella no me convenía que Zaplana notara que había cambiado de opinión.

—¿Cómo? —saltó Chamorro, incrédula—. Vaya por delante que eres el jefe y que tienes más experiencia, pero te recuerdo que ya nos ha puesto colorados esta mañana. ¿Qué pasará si la próxima vez no está de tan buen humor?

—No te dejes arrastrar por el pánico. No he dicho que no crea que Regina es culpable. Digo que no puedo afirmarlo con absoluta seguridad. Ha sido torpe con lo del arma, ha mentido en lo de Klaus Heydrich, también en lo de Lucas. Pero eso no bastará para condenarla. Esta mañana he sobrevalorado la importancia de los descubrimientos de Zaplana, porque me ha cogido de improviso. Todo lo que tiene es una posibilidad, bastante sólida, pero no más que otras. Por muy sospechosa que nos parezca la conexión con Klaus, nos sigue faltando el que colgó a Eva, y mientras tanto no tenemos más que una faena a medias. Por otra parte, Regina ha negado la acusación sin titubeos ni contradicciones, y no se ha venido abajo cuando lo de las huellas. Y hay algo más: si la presencia de sus huellas obedece a que ella apretó el gatillo, me asombra que se le haya pasado inventar tan pronto como tuvo oportunidad lo del robo del arma. Por lo menos tan pronto como le dijimos que estaba en nuestro poder. No es inconcebible que se le haya pasado, pero yo no descartaría que Regina ignorase que las huellas estaban ahí. Al menos, creo que alguien que lo ignorase habría reaccionado exactamente como ella lo hizo. Si ése fuera el caso, la fisura que se abriría en la hipótesis de Zaplana sería bastante considerable.

—¿Y entonces?

—Está muy claro, Chamorro. En realidad, el objetivo es el mismo que hemos estado persiguiendo hasta ahora. Seguimos buscando a alguien capaz de hacer lo que tenemos probado: meterle un buen balazo en la cabeza a Eva, transportarla desde una distancia indeterminada, introducirla en la casa y colgarla de la viga. A alguien que no podía entrar en la casa por la puerta o que pudiendo, prefirió la ventana por algún motivo. A alguien que podía ganar algo o creyó que podía ganar algo llevándola hasta allí y colgándola, si recuerdas el informe del forense, *al menos un par de horas después del fallecimiento*. A alguien que arrojó el arma homicida con las huellas de Regina Bolzano a la basura, para que la encontráramos allí. Algunas de estas cosas Regina pudo hacerlas, con ayuda. Otras, pudo hacerlas por negligencia. Otras, me siguen pareciendo simplemente incompatibles con su implicación.

—Pero la teoría del comandante es muy coherente. Tiene móvil, ocasión, ha establecido la relación entre los sospechosos...

—Déjate de requisitos y analiza lo que tienes entre manos. La teoría del comandante es coherente con ella misma, no con los hechos. Si una teoría parece correcta y los hechos siguen siendo confusos, la que no vale es la teoría. Los hechos son correctos por definición. Aquí falta alguien, Chamorro, alguien que es la clave de todo. No necesariamente el autor, el inductor, o el más culpable. A lo mejor hasta es un inocente. Esto es una investigación, no un juicio. Aquí no cuenta tanto encontrar a quien haya que condenar como a quien nos permita explicarlo y entenderlo. Cuando lo tengamos, caerán los demás. Y a lo mejor resulta que la pieza clave sirve para fulminar mis objeciones y que, después de todo, Regina debe ir a la cárcel. No juraría que no habrá que inculparla, pero sigo negándome a hacerlo antes de tiempo. Para empezar, me niego a hacerlo antes de comprobar si esos dos españoles de la playa, cuya descripción no encaja con la de nadie a quien hayamos conocido estos días, existen o son un cuento chino.

Chamorro estaba desolada, aunque me atrevo a asegurar que no era tanto porque temiera que yo me estaba equivocando como por lo que pudiera suceder cuando Zaplana se enterase de que no estábamos ateniéndonos a sus instrucciones. A mí también me inquietaba, sobre todo si se enteraba antes de que alcanzáramos a establecer algunas conclusiones que pudieran justificar la licencia que nos íbamos a tomar. Sin embargo, me sentía optimista, porque tenía un plan y estaba persuadido, hasta donde uno puede estarlo de cualquier producto de su ingenio, de que era bueno.

Mi subordinada me dio en seguida ocasión de participárselo.

—¿Y qué vamos a hacer? —consultó, con un hilo de voz.

—Esta noche iremos por Andrea. Creo que ha llegado el momento de atacarla sin remilgos. Y mañana te llevarás a Lucas a Abracadabra. Tendrás que apañarte para lograrlo, tú verás cómo. Déjame a mí el resto.

—Ojalá sepas lo que haces —deseó Chamorro, lúgubremente.

Lo que comimos aquella tarde excusa cualquier comentario. Después de pagar muchísimo más de lo justo, tomamos el camino de casa. Una vez en la cala, dejé a Chamorro en el chalet, devanando con aprensión su futuro, y emprendí una excursión solitaria de cuyo contenido me abstuve de darle cuenta. Desde que había tenido delante de mí a Regina, el cuadro había empezado a cobrar sentido, a tal velocidad que necesitaba de un poco de aislamiento para asimilarlo. Lo que se estaba gestando en mi cabeza era una jugada tan comprometida que requería que sólo yo fuera consciente de todos sus entresijos. Chamorro no era mala compañera, o había resultado ser cien veces mejor de lo que había previsto antes de que trabajáramos juntos, pero para ciertas pruebas cruciales de la vida, no hay compañía que valga.

Aparqué el coche al lado del restaurante, en el que a esa hora se servían cervezas y raciones y las primeras cenas para los extranjeros. Pedí una cerveza que me trajo un camarero desabrido, de los muchos que pululan por los establecimientos hosteleros de un país que paradójicamente se gana el sustento con esa industria. Sin impaciencia, aguardé a que apareciera mi presa, lo que tuvo lugar cuando se liquidó y puso al cobro la primera cuenta de unos clientes. La mujer escuálida iba rompiendo el aire con sus desacompasados atributos delanteros, a duras penas contenidos por una blusa anudada sobre el ombligo. Las caderas, como filos de hacha, le sobresalían un poco del borde del pantalón, una o dos tallas por encima de la suya. Cuando pasó a mi lado la detuve como lo habría hecho cualquier tipo con un medallón de oro colgado al cuello. Le eché el brazo alrededor de los huesos y me tomé toda la confianza que no teníamos. Calculé que su reacción podía consistir en pegarme un puñetazo o en no pegármelo, y aunque traía una táctica para cada supuesto, no escondo que no prefería ser agredido, con razón, delante de tanta gente.

—Hola —dije.

La mujer escuálida, en primer lugar, no me pegó un puñetazo. En segundo lugar, no se resistió a mi apresamiento. En tercero, lo consintió durante bastantes segundos, mientras su semblante denunciaba que no sopesaba mis intenciones con ira, sino con alguna clase aún indefinida de curiosidad. Era más de lo que a mí me hacía falta para lanzarme con júbilo a ejecutar el más favorable de mis planes:

—¿Me recuerdas? Charlamos el otro día. Creo que no llegaste a decirme tu nombre.

La mujer no habló en seguida. Se separó poco a poco. Trazó una suave curva con sus labios, que eran la única otra parte carnosa de su cuerpo, y preguntó:

—¿Tú no ibas con una rubia alta?

—Iba. Me presentaré yo primero. Me llamo Luis.

—Pues yo me llamo Candela y no te va a valer para nada la presentación.

—Candela. ¿Y quemas mucho?

—Tengo un marido. Él quema por mí. Lo que se le ponga delante, y más.

—No me estoy asustando, Candela. Me tientas más que me asusta tu marido. ¿Trabajas todo el tiempo o a veces te das algún gusto?

Candela meneó la cabeza. Yo le miraba alternativamente los ojos y el vientre, hundido en un desfiladero esquelético sobre el que reinaba, en lo alto, el tumulto sofocado por el nudo de la blusa.

—No te andas con preámbulos, tú.

—Para preámbulos ya vale con los tuyos.

—Te pisas la cara, tío. Y el caso es que me haces gracia. Si fueras como Dios manda a lo mejor hasta podrías tener éxito.

—¿Y cómo manda Dios que sea?

En ese instante un camarero empezó a prestarnos un poco más de atención de la que a Candela debía bastarle para perder su desembarazo. Con gesto serio, dijo:

—Dios manda que busques un momento y un lugar y

una mujer que pueda. Yo no puedo. —Y enseñó el anillo antes de regresar al interior del restaurante.

Terminé mi cerveza y abandoné la terraza. Pero no me fui al chalet. Aun corriendo el riesgo de que Chamorro se pusiera nerviosa, esperé en el coche a que Candela terminara en el restaurante. Resultó que terminaba a las once y que, fuera cual fuera el lugar al que se dirigía una vez concluida la jornada, iba andando. Arranqué el motor. Dejé que recorriera media calle y fui a interceptarla. Detuve el coche junto a ella al tiempo que hacía sonar muy flojo el claxon. Candela se volvió lentamente, como si estuviera habituada a aquel tipo de episodios.

—¿Vas muy lejos? —pregunté.

—Demasiado para tu coche.

—Llevo el depósito lleno. ¿Cuánto exactamente de lejos?

Candela se inclinó sobre la ventanilla.

—¿Cuánto exactamente de lleno?

—Lo bastante como para aguantar hasta que llegue el momento y el lugar.

—También te falta la mujer.

—La mujer ya la tengo y va a costar que me la quiten.

—No aflojas, ¿eh? ¿Qué ha pasado con tu rubia?

—No sé, anda por ahí, descubriendo el mundo. No me importa. Que aprovechen otros. A ella yo ya la tengo muy descubierta.

—Creo que la he visto alguna vez, mientras descubría —dejó caer sinuosamente, buscando algún efecto.

—Olvida a la rubia. Si quieres te doy tiempo, para que no creas que me gusta amontonarme. Ahora te dejo en paz y mañana vengo a recogerte, a esta misma hora. Ponte guapa y no traigas sueño.

—No he dicho que sí.

—Ni yo te pido que lo digas ahora. Dilo mañana.

Antes de que ella pudiera replicar, metí la marcha y solté el embrague. Por el retrovisor comprobé que se quedaba quieta, viendo cómo yo me iba. Conduje rápido de vuelta al chalet. A Chamorro se la veía un poco agitada.

—¿Dónde has estado? —me espetó.

—Atando un cabo.

—¿Qué cabo?

—A su tiempo. Vístete. Nos vamos al puerto.

Dimos un largo paseo por el puerto e hicimos escala en un par de sitios antes de acudir a Abracadabra. Utilicé el tiempo para instruir a Chamorro acerca del comportamiento que tendría que mostrar esa noche y la siguiente. A eso de las dos menos cuarto, entramos en el club.

Los altavoces derramaban perezosamente un *blues* que unas pocas parejas acataban sin fe sobre la pista. Después de un breve examen, advertí que una de las parejas eran Enzo y Andrea. Aproveché un momento en que ella miraba para hacerle una seña. Según me vio, se separó de Enzo y me hizo ostentosos ademanes para que me acercase. Enzo, dócilmente, se apartó y vino hacia nosotros. Chamorro ya sabía lo que le tocaba. A medio camino me crucé con el italiano, que sonrió y me apretó el antebrazo. Pese a su amabilidad, era un sujeto un tanto deprimente.

Andrea se colgó de mis hombros. Hasta tal punto abandonó su peso sobre ellos que estuvimos a punto de caernos.

—Te estuve esperando toda la tarde, en la playa —se quejó.

—No pudimos ir. Surgió algo.

—Debiste mandar a alguien a avisarme. Me he comido todas las uñas y un poco de los dedos. Bésame, Luigi.

Como me interesaba que ella estuviera lo más descentrada posible, cumplí su orden con todas mis ganas. Durante un buen rato, la música se mantuvo en la misma línea, y Andrea y yo nos dejamos llevar por sus plácidos vaivenes. Hasta que el pinchadiscos estimó que ya había habido demasiada tregua y desencadenó por sorpresa un asalto con el más obsesivo de los ritmos de aquel verano. Con tal motivo, y ya que a Andrea yo no le hacía falta para bailar aquello, fui a procurarme un poco de alcohol. Vacié el primer vaso en un par de sorbos y adquirí otro, que me dispuse a consumir con un poco más de método en una mesa al borde de la pista. Chamorro había salido a bailar con Enzo y Andrea se deshacía en un torbellino solitario en el centro de la creciente multitud. A medida que iba incorporando a mi organismo el tóxico, la atmósfera y sus habitantes adquirían una beneficiosa levedad. Cuando Andrea acabó viniendo a reclamarme, yo había alcanzado ya un estado desde el que la perspectiva de someterme a la caótica secuencia de aquellos ruidos resultaba incluso apetecible. Me entregué a la danza ritual hasta que el sudor empapó mi camisa, que era de lo que tal vez se trataba. Andrea también estaba chorreando. La abracé y la conduje a un lugar retirado.

Esa noche acerqué a Andrea al mismo borde, y yo mismo me acerqué al filo del precipicio en el que dejaba de ser un poli con un caso entre manos para convertirme en un lobo hambriento.

—Llévame fuera de aquí —pidió ella.

Busqué a Chamorro. Había vuelto a la pista con Enzo. Bailaba con alegría, deshaciéndose de su envaramiento de antaño. Enzo la apoyaba devotamente.

—No puedo llevarte fuera. No esta noche —lamenté.

—¿Por ella?

—No le gustas. Se le han metido ideas raras en la cabeza.

—¿Qué ideas?

—Enzo le ha contado que estuviste con la chica a la que mataron. Entre eso y cómo te has portado con ella, creo que te ha cogido miedo.

Los ojos grises de Andrea se congelaron durante un segundo.

—¿Eso le ha contado Enzo?

—La primera noche, cuando estaba tan borracho.

—Ese imbécil —murmuró Andrea, con odio.

—¿Es verdad que estuviste con ella? No mientas —le

exigí—. Tú decides. Si mientes me largo y me pierdo para siempre.

Andrea relajó el gesto.

—Cómo voy a mentirte —protestó—. Sabes que estuve. Te he hablado de ella, sin mencionar su nombre. ¿No lo adivinaste?

—Sí.

—¿Y ahora qué?

—No sé —me encogí de hombros—. Yo no te tengo miedo. Podemos ver la forma de burlar a María. No quiero que sufra.

La italiana me escrutó perversamente.

—¿No vas a preguntarme?

—Qué.

—Qué hubo entre las dos, durante cuánto tiempo, cualquier otra cosa; si la maté o conozco a quien lo hizo.

—Responde tú si te place, pero yo no pregunto. No quiero complicarme. Acuérdate. Es mi último verano.

—La quise; aunque fue tan triste y tan corto, más que a nadie a quien haya querido nunca —proclamó, con orgullo, no para mí, sino para sí o para alguien diferente—. Desde que la conocí. Ella también me quiso. Estoy segura, aunque le gustó tanto hacerme daño. No digo que siempre me quisiera. Digo que le he limpiado las lágrimas y la he sentido temblar como una niña. Dudo que nadie más pueda decirlo. No la maté, ni podría respirar el mismo aire que respira el hijo de perra que lo hizo. Se ha ido y no la lloro, porque ella no me habría llorado. Me quedan tres días en esta isla y luego el invierno. No me esquives, Luigi. No puedo sentir por ti lo que por ella, pero ahora soy demasiado débil para soportar que me esquive nadie.

Capítulo 15
UN EXCESO DE CONFIANZA

El día siguiente Chamorro y yo nos levantamos pasadas las dos y media, después de un sueño por fin largo y reparador. Comimos en el puerto deportivo y no fuimos a la playa. La tarde la pasamos en casa, Chamorro leyendo y yo organizando mis ideas del único modo en que consigo hacerlo con rigor: decorando figuras de plomo. Nunca viajo sin mi estuche de pinturas y pinceles y una o dos piezas. Ocupan en la maleta poco más que una máquina de afeitar y resultan mucho más útiles. Aquella tarde me dediqué a una pieza especialmente interesante: un fusilero español de la Guerra de Cuba, con su uniforme-pijama a rayas, un reto endiablado para el más fino de mis pinceles y para mi pulso, del que podría jactarme si no lo impidiera la urbanidad. El fusilero no era español por elección patriótica. Mis principios me impedirían dedicarme a un arcabucero de la batalla de San Quintín, aunque no a un marinero de la Armada Invencible. El requisito inexcusable para que yo acepte una figura de plomo es que no represente a un miembro de un ejército victorioso. Cuando el arte se pone al servicio de la victoria se convierte en una obscenidad.

El libro que leía Chamorro, y me fijé por la misma razón por la que hablo de las figuras, esto es, porque lo que uno carga en la maleta y no es ropa suele denotar su sustancia, pertenecía a una de esas colecciones que reúnen escritores premiados con el Nobel. Cuando reparé en el título, comprendí lo que había detrás del intenso fruncimiento de su entrecejo: era *Absalón, Absalón*. Colegí, acaso con injusticia, que los turbulentos avatares de la demoniaca familia Sutpen no se compadecían fácilmente con un carácter como el de Chamorro, partidaria, entre otras armonías, del frío orden celeste. En cualquier caso, ello sólo acrecentaba el mérito que debía atribuirse a su abnegada lectura.

A eso de las nueve, cogí el coche y me dirigí al pueblo. Desde el restaurante donde habíamos comido había llamado a Perelló por teléfono y habíamos quedado citados en el puesto a las nueve y media. Allí me esperaba con Satrústegui, Barreiro y Quintero, el cordobés propenso a la brutalidad policial. Los detalles, sin embargo, los ajustamos el brigada y yo a solas. Perelló no opuso ninguna objeción a mi plan. Yo tenía la confianza de nuestros superiores y la cruz de esa moneda era que yo correría con toda la responsabilidad de un error. Cualquier reparo por su parte habría sido una demostración innecesaria de la que no tuvo ningún inconveniente en prescindir. Sólo me dijo, cuando le hube explicado todo:

—Hay una posibilidad que debe preverse. No es por corregirte —se apresuró a señalar.

—Por favor, mi brigada. Tú estás al mando.

—Podría ser que no se dejaran provocar.

—Podría ser. Seguro no puede estarse nunca.

—¿Y entonces?

—Entonces hay que cogerlos de todas formas. Aunque los tengamos que soltar mañana y haya que buscar una manera de justificarlo. Lo que quiero es que sientan el aliento en la nuca y que se equivoquen. El orden en que esas dos cosas pasen es lo de menos.

—No sé —dudó Perelló—. Si no dan el paso en falso va a costar explicárselo al comandante. Podría pensar que has olvidado las prioridades y que vuelves a las andadas. A ti te toca valorar el peligro.

—Ya inventaré algo. Por ahora tengo un buen presentimiento.

El brigada asintió y se quedó contemplando el retrato del rey como si fuera la primera vez que lo tenía ante sí.

—Es raro el poco cuidado que te tomas por ti mismo —juzgó—. Sin saber por dónde pueden salir, pones la cara y te la juegas.

—Cuento contigo, mi brigada. Salto porque abajo hay red y la red eres tú. Con otro no se me ocurriría así de tranquilamente.

Perelló no reaccionaba en modo alguno ante los cumplidos. Se ausentaba, como si no se tratara de él. Cuando volví al chalet, Chamorro ya estaba arreglándose. Había elegido de nuevo el vestido ceñido, o sea, el de su segunda noche con Lucas. Repasamos por última vez el horario previsto. Antes de dejarla ir, la animé:

—Suerte, Virginia. Hazlo sólo como hasta ahora.

Acaricié su cabeza, y juro que fue un acto limpio. Sentía la necesidad de transmitirle con el contacto físico mi apoyo. No me pareció que lo tomase a mal. Después ella se fue y yo me dispuse a cumplir con mi parte. Si todo iba bien, tres horas después nos encontraríamos en Abracadabra, para prenderle fuego no a uno sino a una ristra de petardos y procurar que no nos explotaran entre los dedos.

A la hora estipulada la noche anterior, Candela no estaba en la esquina que habíamos acordado, pero tampoco había abandonado el restaurante. Monté guardia cerca de él durante unos veinte minutos, que fue lo que tardó en aparecer. Venía bastante arreglada y me permití no dudar acerca de mis posibilidades. La seguí con el coche, sin que se percatara, hasta el sitio donde nos habíamos citado. Cuando llegó allí y no me vio, tan sólo meneó la cabeza y prosiguió su camino. Entonces salí a su encuentro. Tan pronto como oyó que el coche se aproximaba a ella, se detuvo.

—Ya creía que te habrías rendido —dijo.

—No me rindo tan fácil —respondí, aguantándole la mueca escéptica.

—Estoy aquí y me he puesto guapa, casi todo lo guapa que puedo. ¿Qué vas a hacer para recompensarme?

—¿Quieres ir a cenar? ¿O ya has cenado?

—Nunca ceno en el restaurante. Veo de dónde traen los ingredientes y cómo los mezclan. Si conoces algún lugar decente, me dejo invitar.

—Di tú dónde vamos, y yo te llevo.

Candela, como yo había dado en calcular (sin mucho esfuerzo, eso es cierto), sugirió que fuéramos al puerto deportivo, y una vez allí, me guió hasta un restaurante italiano. Nada solemne y bastante modesto en su oferta, pero al menos olía bien y no a las fritangas que imperaban en el restaurante donde ella se ganaba la vida.

El aspecto que ofrecía Candela merece ser descrito. Para empezar, quizá no he apuntado antes lo larga que era. Aunque tendría más o menos mi estatura, con su mínimo calibre daba una sensación de longitud bastante más acusada de lo ordinario. Vestía una falda escasísima, bajo la que asomaban de forma terrible sus muslos, en los que un fibroso envoltorio muscular era todo lo que defendía los huesos de la intemperie. De sus rodillas hacia abajo la escasez de la carne casi alarmaba, pero ella no daba muestra alguna de avergonzarse por eso. Al contrario. Torcía continuamente los tobillos y adelantaba sus pies interminables como una técnica estudiada de seducción. Para el torso, aquella noche había elegido una prenda de algodón que sólo le cubría los hombros y la parte de sí que reclamaba la atención de cualquiera que la tuviera delante. Sus brazos desnudos, salpicados de lunares y pecas, eran como lanzas que iban y venían por el aire mientras ella hablaba. Sin embargo, lo más desasosegante era su rostro. Se había maquillado de una forma que intensificaba sus rasgos hasta hacerlos hostiles. Cuando su boca demasiado roja se abría era como si se le abriera una herida.

Durante la cena, Candela improvisó una especie de mentira desordenada sobre la relación entre ella y su marido. Lo hizo con pundonor, sin importarle mi insistencia en manifestarle que ese asunto me traía sin cuidado. Una insistencia sincera, por otra parte, ya que eran sus vínculos con otras personas los que justificaban todo mi interés por ella. O casi todo. Candela fue tragando sin protesta el vino con el que en todo momento me preocupé de mantener llena su copa, y a medida que fue haciéndolo se volvió más desvergonzada y su reticencia del principio se suavizó hasta desaparecer. Mi teoría, entonces como ahora, es que yo no le importaba un rábano, pero celebraba tener tan pronto y tan sin fatigarse una oportunidad para escupirle en la cara a Lucas. Ella misma me lo certificó cuando, terminada la cena, propuso regresar a la cala e ir a la discoteca donde oficiaba el ex legionario. Me negué sin precisar demasiado las causas de mi negativa y dándole a entender que ésta no era irreversible. Mientras tanto, le ofrecí ir a otro sitio para seguir entonándonos. Candela se dejó llevar y así fue como llegamos ante la puerta de Abracadabra.

—¿Aquí? —preguntó, horrorizada, como si la hubiera arrastrado a un prostíbulo o algún otro antro infame.

—Me gusta la música que ponen —alegué—. ¿Tienes algo en contra?

—Este club es una mierda. Para maricas y gente por el estilo.

—¿Has estado dentro?

—Alguna vez —reconoció, con desgana—. Para convencerme de que más valía no volver nunca.

—A mí el auditorio me da lo mismo. Me gusta el *blues* y aquí tienen buen criterio para escogerlo. ¿No crees?

—No sé. Anda, vamos a otra parte.

Aquella resistencia tan obstinada terminó de resolverme a llevar adelante mi plan, al coste que fuera. La atraje hacia mí y, tratando de sonar inapelable, murmuré a su oído:

—Entramos aquí, pedimos un *gin-fizz* para cada uno, bailamos un rato y luego hacemos el resto de la noche lo que te dé la gana.

—¿Un *gin-fizz*?

—¿No lo has probado?

—Sí. Demasiado amargo para mí. Además, la última vez lo bebí del vaso de alguien que acabó mal. Soy supersticiosa.

—Tómate lo que quieras, entonces. Ven.

Tiré de ella y la introduje en el club. Parecía que la perspectiva de una visita breve la ayudaba a vencer sus escrúpulos hacia el local, pero era significativa la forma en que observaba a su alrededor. Fuimos hasta la barra, donde yo me pedí el *gin-fizz* anunciado y ella algo de tan mal gusto como un whisky con cocacola. Después de eso nos encaminamos hacia la pista. No sonaba precisamente un *blues*, sino uno de esos apolillados éxitos de discoteca de fines de los años setenta, que con el transcurso del tiempo han adquirido un aire entre dulzón y demasiado ingenuo. Candela se tomó con ganas el baile, acaso para olvidarse de que estaba donde no deseaba estar. Para facilitarle los movimientos, cogí su vaso y propuse acercarlo a una mesa mientras bailábamos. Candela me entregó su repugnante jarabe y la dejé en la pista bamboleando como una loca sus pechos excesivos. Esquivando bailarines más o menos inspirados que Candela, fui hacia el fondo de la sala. Hacía unos cinco minutos que había localizado allí a alguien y que ese alguien me había localizado a mí.

Andrea vigilaba severamente mis evoluciones. Estaba con Enzo, que por primera vez desde que nos conocíamos me escrutaba con una desproporcionada reserva. Yo hice como si no ocurriera nada, y después de cerciorarme de que Candela seguía a lo suyo, me senté sonriendo entre ellos.

—Al fin os encuentro —celebré, tendiendo una mano que Enzo sujetó sin fuerza e intentando sobre la cara de Andrea un beso que merced a su brusco giro de cuello le cayó en la nuca.

—Nos habrás encontrado cuando has empezado a buscarnos —me reprochó Andrea.

—No estarás enfadada por mi amiga, ¿eh?

—¿De dónde la has sacado? —preguntó, apremiante.

—Eh, Andrea —traté de apaciguarla.

—He dicho que de dónde la has sacado.

—De la discoteca de la cala. Su acompañante se ha enamorado de María y a mí me ha tocado cuidarla. Alguien se tenía que ocupar de ella.

—Qué caritativo.

—Lo he hecho por despejarle el panorama a María. Bueno, no sólo. Ahora está distraída y eso me viene bien.

—¿Cómo era el que estaba con la chica? —indagó Andrea, como si adivinara lo que yo iba a contestarle.

—Un tipo alto.

—¿Sólo alto? —se interesó.

—Alto y moreno, con coleta y un pendiente así de grande. Oye, ¿por qué te interesa tanto?

La italiana apuntó la vista hacia el infinito y reveló:

—Los conozco. A ella y al tipo. Vinieron aquí con Eva, la última noche, antes de que la mataran.

Simulé preocuparme.

—No insinuarás que María está en peligro. Al margen de la coleta y el aro de la oreja, me pareció un tipo bastante corriente.

Andrea pudo haberse callado, o haberle quitado trascendencia. Pero eligió impresionarme y con ello me ratificó en mis sospechas.

—No tan corriente —se opuso—. Ni ella tampoco. No sé lo que se traían entre los dos, pero Eva me confesó que él no había parado hasta liarla con la tetuda, que a ella le daba más bien igual.

Visto desde ahora, creo que ése fue el instante en que en mi cerebro se produjo el fallo que me llevó a desviarme tan gravemente aquella noche. Un fallo para el que carezco de excusas, porque incurrí en él como consecuencia de un exceso de confianza. Al ver confirmadas mis suposiciones previas, bajé la guardia y me sentí seguro de mi astucia. Es una sensación agradable, de la que cualquiera puede disfrutar con gran aplomo, porque robustece la vanidad. El problema es que uno no siempre es lo bastante astuto como para andar descuidado, y sobre todo, que después de haberse equivocado, que es lo que suele ocurrir cuando uno se descuida, la sensación no es tan agradable y cuesta bastante más mantener el aplomo, porque con la vanidad desintegrada uno se hace una idea exacta de lo indefensa y diminuta que resulta su existencia. Cuando pasa el tiempo se aprende a sacar provecho de la vergüenza, porque en definitiva la vergüenza es mucho más instructiva que la gloria, pero en el momento, y enterrado bajo los inconvenientes, se hace duro apreciar las ventajas de haber sido un imbécil.

Ahora que he de recordar la maldita desenvoltura con que culminé mi representación de aquella noche, desisto de hacerlo arriesgando que nadie pueda simpatizar con mi audacia. En honor a la verdad prefiero que se sepa que me estaba apartando del camino correcto, aunque sea más tarde cuando deba aclarar hasta qué punto y cómo, para mi oprobio, fue el azar el que me dio la oportunidad de enmendarlo.

Tras la confidencia de Andrea, que cerraba mi presunto círculo, me lancé, sin titubeos, a rematar la faena.

—Espera aquí —le pedí a mi interlocutora—. Vamos a averiguar de qué pasta está hecha la chica.

Fui a buscar a Candela y le dije que quería presentarla a unos amigos. El programa no la sedujo, pero se dejó conducir hasta donde aguardaban Andrea y Enzo.

—Ya nos conocemos —la recibió destempladamente Andrea.

—El caso es que me suenas —admitió Candela, haciéndose la tonta de un modo bastante ineficaz. El gesto que se había apoderado de su cara al divisar a los dos italianos había sido elocuente.

—Vaya, ¿y de qué os conocéis? —pregunté.
—Nos habremos visto por aquí —se escurrió Candela.
—Tenemos una amiga común. O teníamos —precisó Andrea.
Candela se puso nerviosa. Aproveché la ocasión:
—¿Qué es eso de que teníais?
—Ya no es amiga de nadie —sentenció Andrea.
Candela se apresuró a poner distancia:
—Nunca fue mi amiga. La conocía, simplemente.
—¿Pero qué ocurre? ¿Se ha muerto?
Andrea no contestó. Candela tragó saliva. Debía de acordarse de que me había contado, con cierta jactancia, cómo había mandado al diablo a Eva. La misma persona por cuya mediación ahora le tocaba confesar que se había relacionado con Andrea. Y tenía que confesarlo, porque si no lo hacía ella lo contaría la italiana, lo que tenía razones para no preferir.
—Era la chica que mataron en la cala —rezongó.
—La famosa Eva —hice como que deducía, con lentitud—. Está por todas partes. Pero creía que tú habías tenido una bronca con ella —apreté.
En ese punto la conversación quedó interrumpida por un acontecimiento que yo ya llevaba algunos minutos esperando. Chamorro y Lucas acababan de llegar al club y en cuanto nos habían visto, lo que mi ayudante había propiciado diligentemente, se habían acercado a la mesa. Ahora estaban allí de pie y todos los que estábamos sentados nos habíamos vuelto hacia ellos. Chamorro fingía asombro y en parte también lo sentía, porque yo no la había avisado de que también Candela estaría allí. En el semblante de Lucas era imposible distinguir ninguna emoción.
—Hola —me adelanté—. Ahora ya estamos todos. ¿No vais a sentaros?
Lucas pasó por alto mi ofrecimiento y se dirigió a Candela:
—¿Qué haces aquí?

—Lo mismo podría preguntarte yo —se defendió la mujer.

—Eres idiota perdida.

—¿Y tú? Tú empezaste, por si lo has olvidado. Y has venido aquí como yo.

—Creo que deberíamos hablar esto en otra parte —ordenó el ex legionario.

—Eh, ¿a qué vienen esas intrigas? No consentiremos que estropeéis la fiesta —aseguré.

Entonces Lucas me miró. Lo hizo como si me midiera y al mismo tiempo para advertirme. Su parsimonia intimidaba, pero no tanto como el fulgor helado de sus ojos. Por si no bastaba con la mirada, descendió a ponerlo en palabras sencillas:

—No hablo contigo, muñeco. Quédate en tu sitio y podrás salir de aquí con los mismos dientes que trajiste.

No me arredré.

—¿Estás amenazándome?

—¿A ti qué te parece?

—¿Con pegarme?

—Basta —me aconsejó, sin énfasis—. Ven conmigo —exigió a Candela.

—Un momento —me interpuse—. Estás patinando. En realidad ya has patinado cuando has respondido a una amable broma con esa grosería sobre mis dientes. Pero ahora te permites darle órdenes a la chica que viene conmigo. Eso está tan feo que voy a tener que hacerme un llavero con tu coleta.

Lucas sonrió y me puso una palma en el hombro. Conviene indicar que su palma era mucho más grande que mi hombro. No obstante, le aparté el brazo de un codazo. Dudó durante una décima de segundo, pero al final se limitó a tomar a Candela de la mano y llevársela. La chica no opuso resistencia.

Antes de dejarnos, Lucas le dijo a Chamorro:

—Discúlpame. Tardo un minuto.

Mientras Lucas y Candela se alejaban en dirección a la puerta, todas las miradas confluyeron en mí.

—¿Qué pasa? —habló mi ayudante, interpretando el sentir general.

—Nada, María. Esperad aquí. Vuelvo en seguida.

—¿Qué vas a hacer? —saltó Andrea.

—Probar cuánto vale ese campeón.

—Estás chiflado. Te podría tumbar con un soplido.

—Desde luego. No es por ahí por donde pretendo probarle.

Al principio no me siguieron, pero antes de salir a la calle reparé en que Andrea se había levantado. No llegaron a tiempo de ver cómo me acercaba por detrás a Lucas y le clavaba mi dedo índice por tres veces consecutivas en el hombro, mientras el legionario discutía acaloradamente con Candela. Sí le vieron a él cuando se dio la vuelta, se paró apenas un instante, decidió y me borró media cara de un formidable guantazo. Después de eso, aunque no antes de que me descargara dos puñetazos en el vientre, Perelló y los suyos entraron en escena. Quintero redujo a Lucas con una fulminante patada en los testículos y Satrústegui se hizo con Candela. A mí me levantó Barreiro. Antes de que se nos llevaran a los tres, alcancé a comprobar, con satisfacción, que Chamorro retiraba discretamente a los italianos.

Capítulo 16
UN CUARTO DE HORA PARA ARRUINARLO

A Lucas y la chica los llevaron en un todoterreno y a mí en el otro. Tardé unos seis minutos en poder volver a hablar, y todo el tiempo que duró el trayecto hasta el puesto en cortarme la hemorragia de la nariz. Barreiro, que conducía y habría debido estar más atento a la carretera, no pudo privarse de observar, admirado:

—Vaya hostias, mi sargento. Creí que lo mataba.

—Y yo.

—Menos mal que Quintero anduvo vivo. El sitio donde le dio debe de ser lo único que tenga blando.

—Oye, Barreiro. ¿Crees que los que estaban con Chamorro sospecharon de que aparecierais tan pronto?

—Sólo sé que se quitaron de en medio cagando leches. ¿Le parece que nos dimos demasiada prisa? El brigada creyó que si tardábamos más usted volvía en ambulancia, o no volvía.

—La verdad es que no pensé que saltara a la primera. Me había parecido un tío mucho más frío.

En el puesto nos aguardaban los demás. Se hicieron cargo de los detenidos, mientras yo me apartaba un momento con Perelló.

—Alguien tendría que vigilar a los italianos. Se van pasado mañana. No debe ser difícil localizar el vuelo. Y por si acaso no estaría de más asegurarse de que no intentan irse antes. A lo mejor los necesitamos como testigos, pero de momento prefiero que no sepan nada.

—Hablaré con Palma.

—Mi brigada.

—Qué.

—No le cuentes nada a Zaplana, todavía.

—Descuida.

—Voy a interrogarlos. ¿Han pedido abogado?

—Sólo él.

—Es igual. Empezaré por ella. Confío en sacarle argumentos para convencerle a él de que no sea tan formalista. Ah, se supone que Chamorro recogía mi coche. Estará al llegar. Por favor que alguien le diga que pase en cuanto aparezca. ¿Quieres acompañarme ahí dentro?

Perelló se encogió de hombros.

—No especialmente. Salvo que sea imprescindible.

—Sabes que no.

—Entonces ve tú solo. Tú todavía eres joven y tienes algo que ganar.

Antes de entrar donde Candela, me asomé al calabozo donde habían metido a Lucas. Estaba sentado, con las esposas puestas, mirando al frente.

—¿Más tranquilo? —le pregunté.

—¿Qué cojones es esto? —gritó, desencajándose—. No sabía que fueras poli. Por pegarte me ponen como mucho treinta mil de multa. ¿A qué se supone que estáis jugando?

—A su tiempo, *mon ami*, a su tiempo.

Las palabras en francés le escamaron. Le dejé y fui con la mujer. Estaba temblando, deseando derrumbarse. Me aproximé con tiento:

—Tranquila. No va a pasarte nada. Soy el sargento Bevilacqua y me pagan para que las chicas no se asusten.

—¿Sargento? —rió nerviosamente—. Si seré boba.

—¿Por qué?

—Me creí que te tenía en el bote.

—Si no hubiera estado de servicio, tal vez. No te tortures por eso. Verás, Candela, vamos detrás de cierto asuntillo sobre el que tenemos razones fundadas para pensar que Lucas y tú disponéis de alguna información.

—¿Qué asunto?

—La chica austriaca. Vosotros intimasteis con ella, ¿no es así?

—Le juro que no tengo ni idea de quién pudo...

—Despacio, mujer. No te acuso de nada. Sólo te pregunto si tuviste intimidad con ella.

Candela bajó los ojos.

—Imagino que sí.

—¿Imaginas? Sé un poco más precisa. ¿Cuánta intimidad?

—En realidad fue Lucas. Él, y ella...

—¿Sólo Lucas? No es eso lo que me han dicho. Vamos, Candela. Tengo una muerta y busco un asesino. No hay ninguna ley que me permita echarte en cara tus inclinaciones sexuales.

—¿Entonces qué le importa?

—Importa para que me termine de creer que tú no tuviste nada que ver con su muerte.

—¿Y para qué pregunta? Sabe la respuesta.

—Así que llegaste a *esa* intimidad. ¿Muchas veces?

—Tres, cuatro. No me acuerdo.

—¿Cuándo?

—De la última hará diez o doce días.

—¿Y cuándo la viste por última vez?

—Justo entonces.

—¿Seguro?

—Sí.

Candela no vaciló antes de corroborar este dato. Me fijé porque en casi todo lo demás su inseguridad era notoria.

—Bien, dejemos eso. ¿Sabes quién es Regina Bolzano?

—No —se precipitó.

Me levanté y paseé durante varios segundos arriba y abajo de la habitación.

—Lo intentaremos otra vez —insistí—. ¿Sabes quién es Regina Bolzano?

—No —volvió a precipitarse. El miedo le llenaba el gesto. Sonreí.

—Vamos a ver, Candela. Antes de que sigas tocándome los huevos, voy a dejarte clara una cosa. No estás aquí porque yo me aburra o quiera jugar a las adivinanzas. Hemos hecho antes unas pesquisas. También hemos guardado en un calabozo como éste a esa mujer. Así es la situación. Si me mientes me doy cuenta, y si me doy cuenta de que me mientes me entran ganas de joderte la suerte. ¿Me estás entendiendo?

No rechistó. Por lo común no soy favorable al empleo de un lenguaje soez con los detenidos, pero en ciertas coyunturas es un recurso que puede dar su fruto. Candela no estaba preparada para aquello.

—Bueno, la última —avisé—. ¿Sabes quién es Regina Bolzano?

—Lucas —gimió—. Yo nunca he hablado con ella. Te lo juro.

—Muy bien. Eso es un avance. ¿No tendrás algún barrunto de lo que hablaba Lucas con esa señora Bolzano?

—No.

—Ya empezamos —suspiré—. Mira, Candela, tú tienes un marido y eso se prueba en seguida, con el libro de familia. Pero para probar que con Lucas tienes *un vínculo análogo de afectividad* ya hay que mear colonia. Y si no lo pruebas, eso que estás haciendo se llama encubrimiento de un homicidio y te cuesta el talego. ¿Me sigues?

Candela se echó a llorar. Partía el alma verla estremecerse, tan desgarbada y quebradiza, enterrando la cara en su busto hipertrófico.

—Habla. Te aliviará —la exhorté.

Sorbiéndose los mocos y con la voz entrecortada, Candela terminó por ceder y declarar:

—Sólo sé que ella le dio dinero. Mucho dinero.

—¿Y para qué crees que se lo dio?

—No me lo dijo. Es la verdad.

—¿Qué pensaste cuando te enteraste de que a Eva la habían matado y de que Regina había desaparecido? ¿Que era una coincidencia? ¿No le pediste a Lucas que te explicara algo sobre ese dinero?

Candela trató de rehacerse para aparentar veracidad.

—Él no lo hizo, sargento —dijo.

—Convénceme. ¿Estabas con él esa noche, le tiene miedo a las pistolas, te lo ha contado su ángel de la guarda?

—No estaba con él esa noche. Sé que no lo hizo porque él la quería. Ella destrozó lo nuestro. Le sorbió la voluntad y él se prestó a todos sus caprichos. No sabe cómo era, sargento. Le obligó a entregarme como si yo fuera una sortija.

—¿Y por qué aceptaste?

—Por rabia, o por miedo, o porque me volví loca. Lo que le conté de la noche que la conocí es verdad. Me la quité de encima como la zorra que era. Por eso se vengó luego.

Sacudí la cabeza, en señal de desaprobación.

—No, no, querida. ¿Pretendes que me trague que todo esto es un enredo con chica mala, grandullón bueno y pasiones tempestuosas? Te voy a aclarar lo que hay, no vaya a ser que intentes ahora engañarme porque tú te has engañado antes. Aquí hay una niña rica que a alguien le convenía que hiciera el equipaje, una intermediaria y un canalla dispuesto a venderse. Lo mezclas, lo agitas y te sale una muerte como tantas, untada de pasta y de mierda. El poema ese que te has montado vale para limpiarse el culo y echarlo al retrete. Después de eso, sólo queda tirar de la cadena.

—Se equivoca —protestó—. Él no pudo. Aunque la otra mujer le pagara por hacerlo, si le pagó por eso. Se arrepintió. Cuando la conoció se vino abajo y no fue capaz de seguir adelante.

—Voy a hacerte la última pregunta, por ahora, así que

piensa lo que respondes. ¿Eso que acabas de decirme es lo que crees verdaderamente?

—Sí —repuso, casi sin esperar a que se extinguiera el eco de mis palabras.

—Muy bien. De momento seguirás aquí. Pronto vendrá un abogado y te llevaremos ante el juez.

—¿Por qué?

—Por participación en asesinato. Encubridora o cómplice, eso lo decidiremos cuando hayamos hablado con Lucas.

—No sabe el error que está cometiendo, sargento. Se lo juro.

Dejé a Candela otra vez sola. Mientras iba hacia la celda de Lucas oí que había cierto movimiento a la entrada del puesto. Era Chamorro, que acababa de llegar.

—Has tardado —aprecié—. ¿Cómo han quedado Andrea y Enzo?

—Inquietos. Se han ido corriendo a su apartamento. He prometido llamarlos cuando supiera qué pasaba contigo. ¿Cómo va por aquí?

La puse en antecedentes. Desde un punto de vista objetivo lo que le había sacado a Candela era mucho y bueno. Tanto que valía para liquidar a Lucas y tal vez, aunque eso no acababa de rematarlo por el detalle incomprensible de no haber borrado sus huellas en el revólver, a Regina Bolzano. Sin embargo, algo me incomodaba. Era el tono y la cara con que Candela me había imputado estar cometiendo un error. A Chamorro, omití mencionarle esta pequeña grieta.

—Ahora vamos con Lucas —concluí—. Le ha llegado el momento de demostrar su valor, el de verdad. Arrearle a alguien es una prueba demasiado simple.

Para interrogar a Lucas nos llevamos a Quintero. Aunque él estaba esposado y esta vez yo no me iba a dejar, no estaba seguro de que Chamorro y yo pudiéramos reducirlo si se ponía agresivo. Por lo pronto bramaba:

—Os va a caer un paquete que os vais a cagar. Quiero el habeas corpus.

—Joder, este tío tiene estudios —opinó Quintero—. ¿Le voy partiendo el primer brazo, mi sargento?

—No hace falta, Quintero. Si se empeña lo llevamos al juez esta misma noche. No necesito más de un cuarto de hora para arruinarlo.

—¿Y el abogado? Sin un abogado esto no vale nada —puntualizó Lucas, con suficiencia.

—Tu abogado está ahora consolando a Candela —mentí—. Se ha hecho daño en la lengua, de todo lo que ha hablado.

—No trates de liarme. La conozco.

—Muy bien, señor... —miré su DNI, que tenía cogido con un clip al de Candela— Valdivia. Veo que es un hombre habituado al trato con la policía, así que no hará falta que le indique que tiene derecho a no contestar si no le apetece y a que se le informe de los cargos que hay contra usted. El letrado cuya presencia reclama, y al que igualmente tiene derecho, se incorporará en los próximos minutos. Mientras tanto me presentaré. Soy el sargento Bevilacqua. Y ésta es la guardia Chamorro.

Lucas miró a mi ayudante con un odio reconcentrado y profundo.

—Me jode no haberme dado cuenta —reconoció.

—A lo mejor no eres tan listo como a ti te parece —le escupió Chamorro, sin amilanarse.

—No se preocupe, señor Valdivia, casi todos caen —le excusé—. Nadie se imagina que una rubia alta que se le insinúa es poli. Hasta los más inteligentes prefieren pensar que son irresistibles. Pasemos a los cargos. De las pruebas y testimonios de que disponemos, entre ellos el de doña Regina Bolzano y el de doña Candela Yuste, se desprende que usted, mediante precio en metálico satisfecho por la señora Bolzano, fue el autor material de la muerte de Eva Heydrich, acaecida en esta isla en la noche del veinte al veintiuno de agosto. ¿Estima que la acusación es imprecisa?

—No tenéis nada —se revolvió. Intentaba mostrarse firme, pero no había encajado bien.

Guardé silencio durante unos segundos. Lucas no me rehuía, y cuando comprendió que se trataba de una especie de desafío se aplicó a enfrentarme con más ahínco. Cambié de táctica:

—Bueno, Lucas, no estamos aquí para discutir. Lo que a ti te interesa es enterarte de lo que puedes ganar si dejas de comportarte como un rufián de playa sabihondo y le echas una manita a la Guardia Civil para liquidar este trabajo tan desagradable. Supongo que conoces la diferencia entre homicidio y asesinato. Para redondear, diez años más o menos. Esto que has hecho es un asesinato como la copa de un pino, con premeditación, mediante recompensa, etcétera. A lo mejor hasta con ensañamiento. No tenemos testigos de que la Bolzano te dio el dinero. A lo mejor en el juicio ella cambia de opinión y no está dispuesta a reconocerlo. Como todos andabais todo el día follando como cafres los unos con los otros, lo pintamos de crimen pasional y aquí paz y después gloria. Si te buscas un buen abogado, te encuentra alguna atenuante, pongamos que estás un poco tarado por lo de la Legión Extranjera, y en sólo siete u ocho años estás otra vez pinchando discos.

Lucas no reaccionó violentamente, como habría podido preverse. Al principio le costó reprimirse, pero luego se quedó mudo, ensimismado.

—No soy generoso, Valdivia —advertí—. Si esperas a que venga el abogado para decidirte no hay trato. Voy por ti hasta el final y te busco la ruina. A lo mejor tienes suerte, pero eso nunca se sabe de antemano.

—Yo no lo hice —alegó, sin la bravura de hacía unos minutos.

—No te oigo, Valdivia. Pero me ha parecido que empezabas a contarnos un cuento de la abuelita. Medítalo antes de seguir por ahí. A los guardias nos enseñan a dormirnos solos, sin cuentecitos.

—No fui yo —repitió.

—Ah, estupendo. Podemos irnos, muchachos. Dejad

que este buen hombre vuelva a su casa y dadle diez mil pesetas para indemnizarle por las molestias.

—¿Quiere escucharme?

—Si me vas a contar dónde la mataste, por qué la colgaste o por qué tiraste el revólver a la basura, desde luego.

—Está bien —sucumbió—. La vieja quería que lo hiciera. Me pagó, un anticipo. Pero no pude y se lo devolví todo. Menos lo que me había gastado. Se lo juro, por la memoria de mi madre.

—Qué extraño es el mundo —anoté—. Cualquier basura tiene una madre cuya memoria puede ensuciar.

Lucas adoptó una expresión homicida. Exactamente la que yo había querido excitar, para cerciorarme. De todas las personas que había conocido desde que había llegado a la isla, dejando aparte a Quintero, que a fin de cuentas estaba en mi bando, era la primera cuyos ojos atestiguaban que era capaz de quitarle la vida a alguien. Seguí por ahí:

—¿Mataste a mucha gente cuando estabas en la Legión, Valdivia?

—Nunca presumo de eso. Si usted fuera un sargento de verdad y supiera lo que es la guerra, no lo preguntaría.

No era cuestión de resucitar para él mis recuerdos de los dos años que pasé en el Norte. Gracias a ellos pagué la entrada del piso, pero también guardo en la memoria una oquedad en la que me prometí no revolver nunca. Nadie en sus cabales añora estar encerrado entre cuatro paredes y no salir a la calle si no es con el chaleco antibalas y el fusil de asalto.

—Perdona, hombre. Cambiaré la pregunta. ¿Eras buen tirador?

—Como cualquiera en la Legión. Mejor que el mejor de los suyos. ¿Qué pretende probar con eso? Cualquiera puede disparar un revólver del 22.

No lo podía creer. Había caído como un párvulo. No dejé escapar la oportunidad:

—¿Quién dijo que fuera del 22?

—Usted mismo, antes.

—Hablé de un revólver, no del calibre.

—Lo debí leer en el periódico.

—No hemos dado tantos detalles a los periódicos.

Lucas no dio a tiempo con una salida practicable. Abrió y cerró la boca, pero no emitió ningún sonido.

—Vamos, Valdivia. Esto no tiene ningún sentido. No espero que un antiguo legionario sea un hombre práctico, pero tampoco habría imaginado nunca que fueras un cretino. Me estás defraudando horriblemente.

—De acuerdo, vi el revólver —admitió—. Hasta lo tuve en casa. La vieja me lo dio, cuando cerramos el trato. Se lo devolví con el dinero. Lo menos tres días antes de que Eva muriera.

—¿Cómo conociste a Regina Bolzano?

—Por uno del puerto deportivo para el que he hecho algunos trabajos.

—¿De albañilería?

—Sólo tabaco. Se lo juro.

—Cuando la gente jura tanto y tan seguido, me da que lo mismo le cuesta jurar en falso. Pero voy a jugar por un minuto a que te creo. ¿Cuándo fue la última vez que viste a Eva Heydrich?

—No lo sé fijo. El dieciséis o el diecisiete.

—¿Y qué hicisteis?

—Fuimos al puerto. Allí conocimos a los italianos esos. Los que estaban con usted y Candela cuando he llegado yo esta noche. Bebimos mucho y la traje de vuelta a la cala. La dejé en su casa y ya no la vi más.

Percibí en Lucas una fragilidad insólita. Aun sin poder descartar que fuera un recurso para conmoverme, escarbé en la fisura:

—¿Llevabas la pistola?

—Sí.

—¿La ibas a matar?

—Esa noche entendí que no podía hacerlo.

—¿Y estás seguro de que fue el dieciséis o el diecisiete?

—Sí.

Le di medio minuto para reflexionar. Crucé una mirada con Chamorro. Mi ayudante asintió.

—Muy bien, señor Valdivia. ¿Debo entender que se ratifica en su inocencia?

—Yo no fui, sargento. He matado a otros hombres que me habrían matado a mí. Pero Eva era otra cosa. Ella estaba fuera de mi alcance.

—Ya veo que es inútil. Será como lo ha querido —le informé—. En cuanto venga su abogado le conduciremos a presencia del juez. Tendrá que responder del asesinato de Eva Heydrich. No me deja otra salida.

Capítulo 17
¿POR QUÉ LA MATARON FUERA?

Esa misma noche, después de poner al corriente al comandante, y de acuerdo con sus órdenes, llevamos a Lucas y a Candela ante el juez de guardia, que confirmó su detención. A la mañana siguiente los pusimos, junto a Regina Bolzano, a disposición de la juez encargada del caso, que ordenó la prisión incondicional de los tres y le pidió a Zaplana un informe pormenorizando el resultado de nuestras investigaciones, para agilizar la instrucción. Los tres imputados seguían manteniendo su inocencia, lo que dificultaba la reconstrucción de los hechos, pero todos confiábamos en que al cabo de unos pocos días empezarían a rendirse. Mientras tanto, se encargaron pruebas adicionales al forense, consistentes en comprobar la posible coincidencia de ciertas marcas que habían quedado en el cuerpo de la víctima con la forma de las manos de Lucas Valdivia. La solicitud a las autoridades de Viena para que procedieran contra el padre de Eva Heydrich salió esa misma tarde, con una copia del informe sobre nuestras investigaciones.

A Andrea y a Enzo les llamó Chamorro la misma noche de la detención de Candela y Lucas, y les contó que a mí me habían soltado pero que los otros dos se habían quedado detenidos. No le hicieron ninguna pregunta al respecto y sólo se interesaron por mi estado, sobre el que Chamorro les tranquilizó. Nos costó decidir qué correspondía hacer con ellos, pero al final pesó más el hecho de que les quedaban menos de dos días para abandonar el país. No teníamos indicios que permitieran sospechar que podían estar implicados de ninguna manera en el crimen. Por la mañana les visitó en su hotel la gente de Zaplana y les comunicó que debían permanecer en la isla hasta que se les tomara declaración. Ambos insistieron en lo muy arduo que les resultaría encontrar otro vuelo y la juez accedió a practicar la diligencia inmediatamente. Me chocó, no obstante, que al mismo tiempo que lo autorizaba alegara una indisposición y enviara al secretario Coll para dar fe de las respuestas de los testigos. Cuando menos, era una fórmula heterodoxa, y aunque yo no había estado presente, hacía sólo un par de horas que la juez había estado examinando a los detenidos sin recurrir a la excusa de padecer ningún problema de salud.

Andrea y Enzo confirmaron todo lo que podían confirmar, esto es, haber visto a Lucas y Candela en compañía de Eva Heydrich y haber observado que entre los tres existía una extraña relación. Cuando dijo esto, Andrea se cuidó de espiar mi gesto. Desde que me había mostrado en mi verdadera identidad de sargento de la Guardia Civil, ella había establecido una áspera distancia. Ni siquiera deslizó una alusión o un reproche por la comedia que habíamos representado. Ya sé que confesar esto va en desdoro de mi integridad profesional, pero me hirió que estuviera tan indiferente. En sus hermosos iris grises la indiferencia era una dolorosa ofensa.

Respecto a Regina Bolzano, los italianos declararon haberla visto un par de veces con Eva, en el club, y no haber hablado nunca con ella.

Mientras todo corría así de deprisa, demasiado para mi gusto, porque me daba la sensación de que las cosas se escapaban de mi dominio, el comandante nos felicitó muy calurosamente. La labor que Chamorro y yo habíamos estado realizando se había revelado al fin útil. Gracias a ella disponíamos de un sospechoso solvente para ejecutar los singulares actos que habían rodeado el crimen y parecían exceder de las posibilidades de Regina Bolzano, e incluso habíamos establecido sin lugar a dudas su conexión con la suiza y la víctima. Esta conexión, por añadidura, revestía la turbiedad suficiente como para explicar el luctuoso desenlace. Todo lo que faltaba a Zaplana le parecían minucias que se arreglarían solas, o que le daba igual no arreglar. En parte podía estar de acuerdo con él, pero seguían obsesionándome esas huellas de Regina no borradas en el revólver arrojado a la basura. Cuando osé manifestarle esta comezón, el comandante me demostró una vez más que no era hombre que se arrugara ante las dificultades:

—No te aturdas con eso, Bevilacqua. No eran profesionales. Puede ser que la vieja se pusiera nerviosa y no se diera cuenta de lo que hacía. En el fragor del asunto, cogió el revólver y lo puso en la bolsa sin pensar que el camión pasaba cada tres días.

—¿Y por qué no se encargó Lucas de deshacerse él mismo del revólver? No es un profesional, pero tampoco un pazguato.

—Sus huellas no estaban. Era un arma traída de fuera, a la que no se le podía seguir el rastro. Y si se le podía seguir, ese rastro no podía perjudicarle a él. Qué más le daba. La dejó en cualquier lado.

El comandante estaba eufórico. No podía aspirar a estropear su felicidad, y al fin y al cabo tampoco me convenía. Acepté que el mundo se plegaba con más gusto a la voluntad de la gente como Zaplana que a la de la gente como yo y me acogí a su certidumbre. Sin embargo, mentiría si afirmara que estaba tan contento como él. Cuando cerraba los ojos veía la cara de Regina, de Candela y de Lucas clamando su inocencia. Había oído antes protestas semejantes, y aún más melodramáticas, de criminales después convictos y hasta envanecidos de sus fechorías. Me esforzaba por recontar los embustes y las incoherencias en que les había sorprendido. Y aun así, algo me remordía. La borrachera a que me había abandonado la noche que había hecho caer todas las máscaras había quedado ya atrás y la resaca, como siempre sucede, era bastante más árida y circunspecta.

A aquellas alturas, nuestra presencia en la cala ya no era necesaria. Se nos encargó que hiciéramos una lista de todas las personas que pudieran servir como testigos de algún hecho relevante para el proceso. La lista debíamos pasarla a los hombres de Perelló para que ellos se encargaran de obtener sus datos y domicilios y tenerlos controlados. Volvimos para entregarle esa lista y recoger nuestras cosas del chalet.

Durante el camino, Chamorro encontró al fin el momento para satisfacer una serie de curiosidades que el vertiginoso final de aquella investigación le había suscitado, y que entre unas cosas y otras yo no había tenido ocasión de despejarle debidamente.

—Así que diste con tu persona clave. Y me lo ocultaste —me afeó.

—¿Te refieres a Candela?

—Por ahí sacaste el ovillo, al final. ¿Cómo se te ocurrió?

—Por algo que casi había olvidado. En realidad todo empezó con Lucas, naturalmente. Nos faltaba alguien que pudiera mover y colgar a Eva, que tuviera puntería y las tripas necesarias. De todo lo que había, sólo me valía él, y me valía mucho. Pero tenía un problema. Por dónde atacarle. Ahí fue donde recordé de pronto algo.

—Me tienes en vilo.

—El mismo que nos descubrió que Lucas había estado liado con Eva dejó caer un dato muy interesante: que el propio Lucas le había dicho que otra persona en la cala había gozado de los favores de la muerta. Cuando nuestro informador le había preguntado quién era el otro tigre, Lucas le había contestado que era *tigra*. Había algo de apuesta, pero esa palabreja, y el que Lucas y Candela tuvieran entre sí relaciones secretas, me decidió a jugármela.

—Te podías haber estrellado.

—Candela me dio muchas señales de que no iba descaminado. No quería entrar en Abracadabra, conocía a alguien que había tenido un mal final y que bebía *gin-fizz*. Todas las trampas que le tendí las pisó, más o menos. Pero cuando llegaste con el legionario todo estaba claro. Le había presentado a Candela a Andrea y Andrea me había hablado de ella y de Lucas. El truco de juntar piezas había funcionado.

Chamorro soltó un bufido.

—Menos mal. Si no hubiera funcionado habríamos estropeado a la vez las dos únicas vías decentes de investigación que habíamos abierto.

—No tenía tiempo para melindres. Zaplana nos había puesto en ridículo. O sacaba algo pronto o veía que nos apartaban del caso y a mí me degradaban. Mientras tramaba todo esto me imaginaba la bronca de Pereira y eso me aguzaba el ingenio.

—Lo que me sorprende es cómo te hiciste con ella, con la Candela esa. Me había parecido un alacrán.

—Justo por ahí. La incité a usar el aguijón, utilizándome contra Lucas. El que se hubieran peleado fue un regalo de la Providencia.

Mi subordinada vaciló antes de sondearme:

—¿Te gustaba como Andrea?

—No me gustaba nada. Como con Andrea, estaba de servicio. No te confundas conmigo. Soy más serio de lo que aparento. Y tampoco me interesa que vayas por ahí pregonándome como una especie de Romeo.

Chamorro se azoró. El día en que aprendiera a dejar de hacerlo sería una policía temible y perdería una buena parte de su encanto.

—¿Puedo decirte una cosa? —murmuró.

—Aprovecha ahora que acaban de felicitarnos. Mi vanidad me impedirá tenértelo en cuenta si me disgusta.

—Pensé que habías perdido los papeles.

—Es lógico. Pero me ayudaste. Yo te lo agradezco y el Cuerpo reconoce tu disciplina.

—Rubén.

La forma en que Chamorro había pronunciado mi nombre, una confianza, por otra parte, que no era nada espontánea en ella, me puso alerta.

—Qué.

—¿Por qué quisiste cargar con todo tú solo? —preguntó, con una súbita ternura—. ¿No te fiabas de mí?

Algo me inclinaba a soñar que no era mi posible falta de fe lo que la enternecía, pero en mi cabeza había un cierto tumulto y preferí interpretar aquel delicado instante con Chamorro del modo menos complicado, para no resbalarme. Me deshice de la cuestión por el lado de fuera:

—No. De quien no me fiaba era de mí.

Charlando con Chamorro había logrado reconstruir la sensación de estar relativamente satisfecho de mí y de la investigación. Cuando llegamos al puesto, después de recoger nuestras cosas, me dirigí al cuarto del brigada con optimismo. Le di a Perelló la lista de posibles testigos, con todos los datos que tenía de cada uno. Con tres o cuatro salvedades no demasiado relevantes, estimó que lo que le proporcioné le serviría para localizarlos. Noté al veterano suboficial algo ausente.

—¿Ocurre algo, mi brigada?

Perelló dio un respingo, como si le hubiera cogido haciendo algo poco decoroso. Recompuso su sereno talante habitual con un poco de esfuerzo y le quitó importancia:

—No, nada. Hay algo que me bulle en la mollera desde anoche. Una tontería, seguro.

—Ya me extrañaría que lo fuera.

—Se me ocurre que si Lucas quería dejar el cadáver en la casa y estaba de acuerdo con Regina Bolzano, ¿por qué la mataron fuera? Y ya que lo hicieron, ¿por qué la metieron por la ventana, arriesgándose a que les vieran los vecinos, si podían entrar por la puerta?

—Puede que la mataran dentro. En realidad lo otro era una hipótesis. No lo podemos sostener con certeza.

—Pero tal y como lo dedujiste sonaba muy sólido. Y algo más: en el tambor del revólver no había balas ni estaban los casquillos de los proyectiles que dispararon. ¿Cómo es que se ocuparon de deshacerse de ellos de manera que no los hemos encontrado y no hicieron lo mismo con el arma? ¿Sabes qué es lo que creo?

—No.

—Quisieron que encontráramos el revólver. Con las huellas de Regina. Tú mismo lo insinuaste, cuando estuvimos en la casa.

—Eso bien pudo quererlo Lucas.

—¿Y por qué no la acusa, entonces?

No le agradecí a Perelló su perspicacia. Era un consistente refuerzo para mis propias reticencias. Con resignación, resolví que era mejor recibirle por derecho, como él venía.

—¿Temes que hayamos metido la pata, mi brigada?

Perelló meditó mientras me ofrecía, limpios y francos, aquellos ojos que casi nunca pestañeaban.

—Rezo por temer mal, sargento. No te lo merecerías.

Nos reunimos con los demás. Aquel ambiente de despedida y congratulación me supo amargo, aunque Perelló se guardó para sí sus sospechas y se entregó a agasajar a Chamorro, de la que el Cuerpo, según proclamó principalmente para escarnio de Barreiro, podía estar orgulloso. Cuando ya nos disponíamos a marcharnos, sonó el teléfono. Lo cogió Satrústegui y al cabo de unos segundos vino a buscarme. Era para mí. De la prisión provincial. Regina Bolzano había pedido hablar conmigo. El director de la prisión quería saber si me interesaba. Le dije que en media hora estaría allí.

—No te preocupes, Vila —me alentó Perelló, antes de que subiera al coche—. Pase lo que pase, tendrán que reconocerte el mérito.

Tardamos poco más de la media hora en llegar al centro penitenciario. Me encontré con Regina en una habitación gris y limpia, aunque ligeramente maloliente. Con la indumentaria carcelaria, mezcla de vaquera y deportiva, su aspecto era lamentable. Había envejecido diez años. Quizá por eso, no quiso que pasara Chamorro.

Yo estaba impaciente y fui directo al grano:

—¿Por qué ha pedido verme?

Regina me escrutó con sus cansados ojos azules. Aunque ahora ostentaban la pátina del tiempo, habían debido ser bastante atractivos.

—Quiero confesar algunas cosas que le oculté el otro día.

—¿Por qué ahora?

—Esto empieza a tener mala pinta.

—¿Y por qué no ha pedido ver a la juez? Ahora está en sus manos, no en las mías.

—Usted es mi única esperanza —me imploró.

—¿Y qué es eso que quiere contarme ahora?

—En primer lugar, que conozco a Lucas Valdivia y a Klaus Heydrich.

—Ya lo sé. A Lucas lo tenemos y a Klaus lo tendremos pronto. En parte ya lo sabía cuando se lo pregunté y me mintió.

—A los Heydrich los conozco desde hace muchos años. ¿No se ha fijado en el lugar de nacimiento de Eva?

—Zürich —recordé.

—Allí ejercí mi profesión. Era amiga de su madre. Yo la ayudé a nacer.

—Y a morir. Una simetría un poco macabra.

—Precisamente creo que fue por eso que sucedió hace veinticinco años por lo que al final no pude apretar el gatillo.

—¿Usted? ¿No había pagado a Lucas para que lo hiciera?

—Ésa era la idea, antes de que todo se desbaratara. En eso había quedado con Klaus.

—¿Klaus conocía a Lucas?

—A Lucas no. Sí al hombre que nos lo consiguió. En realidad el trato lo ajustamos con ese hombre y él se encargó de buscar a Lucas.

—¿Y qué tenían o tienen a medias usted y Heydrich?

—No sólo fui amiga de la madre de Eva. Durante algún tiempo, traicioné esa amistad manteniendo otro tipo de relación con Klaus. Hace años de eso, pero cuando él vino a verme, hará ocho o diez meses, todavía nos quedaba el haber sido cómplices. Es un lazo que nunca se borra del todo. Eva y él se habían declarado una especie de guerra desde que ella había llegado a la mayoría de edad. Ella se complacía en estorbarle, y le era fácil estorbarle siendo la propietaria de todos sus negocios. Klaus no me enseñó sus intenciones en seguida. Me pidió que me acercara a su hija como antigua amiga de su madre y que la tutelara mientras estaba en Milán, donde yo vivía desde que me retiré y ella andaba jugando a diseñar ropa. También me pidió que les ayudara a reconciliarse. Entré en contacto con ella y se vino a vivir a mi casa. La muchacha me deslumbró completamente. Al principio, por respeto a la memoria de su madre, me empeñé en ocultar mis sentimientos. A medida que los días avanzaban, la atracción fue haciéndose demasiado poderosa para controlarla. Ella se dio cuenta y tomó la iniciativa. A medias por piedad y a medias por el placer de verme rendida a su antojo. Tuvo éxito. En pocas semanas estaba a merced de ella.

—¿Klaus sabía de su afición a las jovencitas?

—Sabía que cada tanto me venía a Mallorca con una. El resto lo adivinó, como cualquiera.

—¿Y cómo vino lo de matarla?

—Klaus esperó a que Eva me abandonase. Se fió de mi debilidad y de la dureza de ella, y acertó. Cuando me abordó con su propuesta supo estimular a la vez mi rencor y mi codicia. Yo estaba bastante confusa. En realidad, estuve confusa hasta que le apunté a Eva con el revólver y la niebla de mi cerebro se aclaró. A Klaus le parecía que esta isla era el lugar ideal, y el verano el momento justo.

Con mucha gente alrededor, lejos de Milán y de Viena. Vinimos a hacer los preparativos y luego invité a Eva a pasar quince días conmigo. Klaus había previsto que aceptaría, por el simple gusto de torturarme, y ella aceptó, aunque no fijó fecha. Unos amigos suyos venían en barco y se unió a la expedición. Vino a verme en seguida, para hacerse de rogar. Pero la isla le agradó y cuando sus amigos volvieron a Italia se alojó en mi casa. Desde el primer día me humilló. Entonces puse a Lucas tras ella.

—¿Y después?

—Lucas resultó ser un blando. Se acercó a Eva para ganarse su confianza y ejecutar más cómodamente el golpe. Pero ella le lió como a un colegial. Una noche apareció con el rabo entre las piernas por la casa y me devolvió el revólver y el dinero. Le insulté, pero no sirvió de nada.

Regina se interrumpió. Con un gesto nervioso, se arregló el pelo sobre las sienes. No mejoró perceptiblemente su apariencia.

—Me cegó la rabia —continuó—. Durante dos días la seguí a todas partes. Al principio había consentido en salir conmigo por el puerto deportivo, pero en cuanto había hecho sus propias amistades se había desentendido de mí y casi me había prohibido inmiscuirme. Una noche fui a Abracadabra y me acerqué a ella cuando estaba con esa chica, Andrea. Me la presentó y estuvieron riéndose las dos de mí hasta que decidí irme a casa.

—Andrea niega haber cruzado una sola palabra con usted —observé.

—Ella sabrá por qué lo niega. Ahora mi situación es muy difícil, sargento. Lo que le cuento es la pura verdad, palabra por palabra. Ya no puedo esperar que la mentira me salve. La noche siguiente fui a buscar a Eva con el revólver en el bolso. Lucas me había fallado. Podía y a lo mejor habría debido abandonar el plan de eliminarla. Klaus no estaba allí. Cuando le había contado la huida de Lucas, había dicho que necesitaba tiempo para pensar. Pero me sentía empujada y acorralada a la vez por algo que era más fuerte que yo. En el club me dijeron que Eva estaba en la playa. Fui allí y la encontré con dos personas desconocidas. Poco después me golpearon por la espalda y quedé sin sentido, como le dije. Lo que no le dije fue lo que yo hacía cuando me golpearon: estaba apuntando a Eva con el revólver, tratando en vano de reunir el valor necesario para disparar.

—Ya veo —dije—. Por la mañana despertó y el revólver no estaba y a Eva ya la habían matado. No sé si se percata de algo. Con esa historia, si es cierta, a quien me cuesta más tener en prisión es a Lucas. Usted queda peor parada. Lo último que veo es a usted apuntándole a Eva. Que no apretó el gatillo, lo apoya sólo su palabra. Esas dos personas de las que habla podrían ayudar a creerla, pero de ellas, hasta ahora, no hay ni rastro.

—No lo había —sonrió Regina.

—Explíquese.

—He visto a la chica, esta mañana.

—¿Dónde?

—Ahora comprenderá por qué he pedido hablar con usted. Es cierto que los vi poco tiempo y de lejos y que era de noche, pero no me cabe ninguna duda. La mujer que estaba con Eva cuando me derribaron es la juez que me ha interrogado y ha ordenado que me traigan a esta cárcel.

Capítulo 18
ALGO ASÍ COMO UN TIGRE

Al salir de la prisión, comprobamos que una densa masa de nubes de tormenta se había apoderado del cielo de la isla y que el viento del Norte había enfriado notablemente la atmósfera. No llovía, ni llovió luego, pero aquella repentina fuga de la luz y del calor cayó sobre mi ánimo redondeando el desastre que la tardía revelación de Regina Bolzano había desencadenado en él.

Ya había repelido un par de veces con evasivas la avidez de Chamorro por las confidencias de la suiza. Manejaba la idea de arreglar solo lo que yo había descompuesto, pero bajo el peso insoportable de aquel firmamento de plomo sufrí un desfallecimiento o acepté mi responsabilidad para con mi ayudante y me vi forzado a sincerarme:

—No sé si lo que hemos hecho hasta aquí te habrá valido para algo. Hasta ahora nos ha ido pasablemente bien, y eso no curte a nadie. Ahora tenemos problemas, Virginia. La hemos jodido, y del todo. No puedo asegurar todavía que hayamos encarcelado a tres inocentes, pero si son culpables no es de la manera en que nosotros lo hemos creído resolver.

Chamorro se quedó de piedra. Reproduje para ella la declaración de Regina, que alteraba de tal forma su primera versión, y sobre todo, se ensamblaba con tal precisión con los testimonios de Candela y Lucas, que costaba despacharla sin más como una nueva invención para tratar de salir del atolladero. Respaldaba al antiguo legionario en su afirmación de haber devuelto el dinero y el arma varios días antes de que ocurriera el crimen, y lo reemplazaba como ejecutor material en beneficio de un personaje invisible, el que había propinado a Regina su incuestionable golpe en la cabeza. Ahora me costaba más presumir que ella misma se había provocado la herida o que ésta procedía de algún otro accidente fortuito y había sido aprovechada al vuelo. Pero si algo me inducía a creerla por encima de todo lo demás, era la parte más delirante de su narración: la presencia de la juez en la playa.

—¿Por qué? —protestó Chamorro.

—Uno de los errores más gruesos del detective frente a aquellos a quienes investiga, o sea, frente a cualquiera que aparezca, en el lugar que sea, en el curso de una investigación, es interpretar desdeñosamente sus actos. Todos nos hemos burlado interiormente del poco estómago de la juez durante el levantamiento del cadáver y de su precipitación al ordenar que se llevaran el cuerpo. Quizá habría sido más sagaz preguntarse por qué una persona minuciosa y exigente, como suelen ser todos los que aprueban una oposición como la que ella aprobó, cometió esa ligereza. A muchos jueces con experiencia les da casi todo igual, pero los novatos procuran tener cuidado. Por ejemplo, no mandan al secretario a tomar declaración a unos testigos importantes, como ha hecho ella hoy. ¿Y por qué? Nada menos que porque se sentía indispuesta después de enviar a prisión a Regina Bolzano.

—No me cabe en la cabeza.

—Sólo hay una forma de desmentirlo. Quiero que sepas que lo que voy a hacer ahora es tan insensato como nada que haya hecho antes. Plantarse delante de un juez a acusarlo de estar implicado en un asesinato, con lo poco que tengo, es teóricamente una especie de suicidio.

—¿Y por qué vas a hacerlo?

—He metido a tres personas en la cárcel, la juez en cuestión tiene una prisa, bastante sospechosa, por cierto, en procesarlas, y la misma prisa tienen mis jefes. Voy a apostarlo todo a una carta: la relación de la juez con la muerte de Eva fue casual, le ha dado miedo y ahora quiere taparlo con bastante torpeza. Vomitó cuando vio el cadáver y se ha vuelto a indisponer al encarcelar a Regina. Eso me sugiere que es vulnerable y que hoy puedo conseguir que se desmorone. Pero también puedo andar descaminado. No me siento en condiciones de obligarte a correr mi suerte.

—Yo soy militar por vocación, mi sargento. Puede que mi vocación sea una estupidez, tal y como se porta hoy la gente, pero un militar nunca huye del peligro y mucho menos deja solo a un camarada.

Anochecía cuando llegamos de nuevo al puesto. Perelló no nos esperaba, pero tampoco se asombró mucho.

—¿Qué ha pasado?

—Voy a pedirte algo extraño y te ruego que me lo des y renuncies a saber por qué te lo pido —dije.

—Adelante.

—Quiero saber dónde vive su Señoría.

—¿La juez?

—Sí. Y quiero que me lleves allí y que te quedes a la puerta con Satrústegui. Es posible que os necesite. Te prometo que si os llamo es que tengo todo absolutamente aclarado. No habrá más errores.

—¿No hay otro modo? —tanteó el brigada, sin acuciarme.

—No.

—Voy a avisar a Satrústegui.

La juez vivía en un piso en el centro del pueblo. Estaba a cinco minutos de paseo del juzgado y no debían exigirle una renta demasiado alta. Para los dos o tres años que tendría previsto pasar en aquel miserable destino, le bastaba y le sobraba. Era una casa de pocos vecinos y el portal se abría sin necesidad de recibir desde arriba el salvoconducto a través de un portero automático. Aquel pueblo resultaba pacífico y seguro, gracias a los quince kilómetros que había hasta el mar. El jaleo de los turistas y sus indeseables adherencias no llegaban hasta allí.

Abrió la puerta la juez misma. En chanclos, con un pantalón corto y una camiseta portadora de un mensaje de amor a NY, infundía bastante poco respeto. No nos conocíamos, así que me presenté:

—Buenas noches, Señoría. Soy el sargento Bevilacqua, de la Sección de Homicidios. Ésta es la guardia Chamorro. Trabaja conmigo.

La juez rehuyó mi mirada.

—¿Qué les trae aquí a esta hora? ¿Ha muerto alguien? Esta noche no estoy de guardia yo.

—Querríamos hablar con usted del caso de Eva Heydrich.

—¿Y no tienen otro momento? Dígale a su comandante Zaplana que no estamos en guerra. Hay un horario de oficina. Todos tenemos derecho a descansar. ¿Y por qué no se pone él en contacto conmigo personalmente?

—Estoy aquí por propia iniciativa. El comandante no sabe nada.

La juez encontró un cabo al que agarrarse y un mazo con el que golpear:

—Estupendo. A lo mejor se cree que estoy para darle palique a cualquier guardia que se aburra. La próxima vez que tenga algo que comunicarme hágalo a través de sus superiores. Buenas noches.

Empujó la puerta para cerrarla. Interpuse el pie entre la hoja y la jamba.

—¿Qué hace? —gruñó.

—Se ha metido en un buen lío, Señoría. Trato de ayudarla.

—¿Ha perdido el juicio?

—Más vale que nos deje pasar. No es materia para hablarla en la escalera.

Intentó cerrar otra vez. Yo no retiré el pie, pero la puerta no llegó a darme. Chamorro la interceptó y venció el empujón de la juez hasta abrir de nuevo. Entró y obligó a la otra, bastante menos fuerte y veinte centímetros más baja, a retroceder dentro del vestíbulo del piso.

—Sargento, dígale a esta paranoica que lo que acaba de hacer es un delito.

—Ya lo sabe —constaté, atónito ante la intervención de mi ayudante.

—Señoría, cállate y escucha —la conminó Chamorro, pasándole la yema del dedo índice por los labios.

La juez se quedó inmóvil. Estaba aterrada y todo el aparato de su ira no era suficiente para disimularlo. No era sólo la proximidad intimidante de mi subordinada lo que la paralizaba. Entré y cerré la puerta detrás de mí.

—La función se ha terminado, Señoría. Andrea, la italiana, ha hablado. Elija usted. O se rinde y tratamos de enderezarlo o la detenemos.

—Han entrado ilegalmente en mi casa —lloriqueó.

—Si quiere voy por un mandamiento o espero a que salga mañana —grité—. ¿Es que no entiende nada o es que está sorda?

La juez estaba blanca como la pared. Chamorro pudo sujetarla antes de que se fuera al suelo. La llevamos a la sala y la tendimos en el sofá. Mientras le acomodaba la cabeza, mi ayudante me consultó:

—¿Qué es eso de Andrea?

—Un farol. Pero ya ves que ha colado. Vamos a reanimarla.

Chamorro trajo agua. La juez apenas pudo beber un par de sorbos. La incorporamos y fue volviendo lentamente en sí.

—Cómo pude creer que... Qué locura —balbuceó.

—Cálmese. Lo arreglaremos. Estamos convencidos de que usted no lo hizo, pero tiene que ayudarnos a demostrarlo y para eso no le queda más remedio que contárnoslo todo, tan fielmente como pueda.

—¿Todo? —rió como una demente—. No sé por dónde empezar.

—Empiece por el principio. Será más fácil. ¿Cómo conoció a Eva?

—En una fiesta, en un yate —rememoró—. Hace tres semanas, o más.

—¿Quién daba esa fiesta?

—Unos italianos, los dueños del yate.

—¿Cómo llegó allí?

—Por un amigo de la universidad, de Madrid. Había estado en Estados Unidos con uno de los del yate, o con otro que trabajaba donde uno de los del yate. No me acuerdo bien.

—¿Quién había en la fiesta?

—Seis o siete italianos y otros tantos españoles. A todos era la primera vez que los veía.

—¿Allí conoció a Enzo y a Andrea? —se arriesgó Chamorro. Antes de poder recriminarle nada recordé que Enzo le había confiado, la primera noche que había hablado con él, que a Eva la habían encontrado en una especie de orgía a bordo de un yate.

—Allí los conocí. A Andrea y a Enzo. —Tras pronunciar el último nombre se quedó asintiendo con la cabeza.

—¿Pasó algo raro en esa fiesta?

La juez abrió mucho los ojos, apuntándolos al vacío.

—¿Raro? Bueno, para mí lo fue, y mucho. No estaba acostumbrada a esas cosas. Ni lo estoy.

—¿Qué cosas? —le tiró de la lengua Chamorro.

—Primero la cocaína. No la había probado nunca. Luego lo demás. Tampoco había visto nunca a una mujer a horcajadas sobre otra. Y eso no fue lo más original, desde luego. Pero todos ellos parecían habituados.

—¿Y usted qué hizo?

—Lo último que recuerdo es que estaba muy mareada. Luego sólo hay caras y ruidos. La verdad, no sé lo que hice. Todo, supongo.

—¿Qué es lo que recuerda de Eva Heydrich en esa fiesta?

—Varios números, casi todos impresionantes. El que más me afectó, el que hizo con mi amigo.

—¿Puede describirlo?

—No creo que nadie pueda describirlo.

—¿Qué tipo de relación tenía usted con ese amigo? ¿Eran sólo eso, amigos? ¿O hubo en algún momento algo más?

—Creí que lo había, o que él me había buscado con la intención de que lo hubiera. Se había enterado de que yo estaba destinada aquí y me llamó para hacerme una visita y pasar unos días juntos este verano. En realidad él suele parar en Menorca. Tiene una casa al norte de la isla. Trabaja como abogado para bancos extranjeros y con sólo veintinueve años ya es millonario.

—¿Millonario?

—Bueno, quizá no tanto como eso. Gana tres o cuatro veces lo que yo, a eso me refiero. El caso es que desde que llegó me pareció que me cortejaba. Ya en la facultad lo había hecho y yo no le había correspondido mucho. Pero es diferente cuando estás sola en un pueblo como éste y tienes dos años por delante. Te haces mucho más accesible. Todo fue más o menos bien hasta que apareció esa Eva. Ella le prestó la misma atención que a cualquier otro, pero él se quedó embrujado. Desde luego era una mujer experta, bastante más de lo que yo lo seré nunca. Debió ser por eso.

Había una amargura casi infantil, en aquella comparación. La juez ya no resistía. Necesitaba que la protegieran y tal vez entender por qué su vida encauzada se había puesto patas arriba.

—¿Y después de la fiesta, cuándo volvió a verla?

—Raúl, mi amigo, regresó a Menorca al día siguiente. Tenía huéspedes, otros compañeros de su época en Estados Unidos. Éstos eran alemanes, o algo por el estilo. Yo me quedé aquí. Estuvimos más de una semana sin vernos, sin hablar por teléfono siquiera. Procuré aprovechar para ordenar mis pensamientos, aunque la verdad es que no ordené nada. Cuando Raúl me llamó y me dijo que venía otros cuatro o cinco días a Mallorca, no se me ocurrió oponerme.

Aunque sus indicaciones no eran muy precisas, traté de establecer la cronología de los hechos de forma aproximada. Según mis cálculos, no podíamos estar muy lejos de la noche en que habían matado a Eva. Percibí que la juez había perdido el impulso. Repetí mi pregunta:

—¿Cuándo volvió a verla?

—A eso iba. Lo primero que hizo Raúl, la misma noche que llegó, fue llevarme al puerto deportivo. Íbamos de local en local, casi sin darnos tiempo a tomar lo que pedíamos en cada uno. Comprendí que la estaba buscando. Y la encontramos. Ella tardó en reconocerle, si es que le reconoció. Pero mejor o peor consiguió pegarse a ella. Raúl ya había llegado bastante tocado. Creo que se había metido algo en casa, antes de salir. A pesar de todo siguió bebiendo. En un momento de la noche, tampoco era muy tarde, se nos unieron Andrea y Enzo. Yo había estado hablando con Andrea la noche de la fiesta en el yate, antes del jaleo del final. Me había parecido un poco inquietante, pero simpática. No sé cómo salió lo de ir a la playa. Raúl insistió para que Eva viniera en nuestro coche. A ella le daba igual, vio que el coche de Raúl era mejor que el coche alquilado de los italianos y se vino con nosotros. Ellos se desviaron para coger algo en su apartamento, así que nosotros llegamos antes a la playa. Por cierto que no nos salimos de la carretera de milagro. Raúl estaba muy mal. Apenas se entendía lo que decía. Entonces ella empezó a hartarse de él, y él no se dio cuenta. Siguió atosigándola hasta que ella se enfadó. Por un momento pensé que le pegaba. Pero antes de que lo hiciera vino esa mujer, la suiza. Tardamos en fijarnos en que estaba encañonándola con un revólver.

Durante el resto de su relato, la juez fue reconstruyendo con una metódica parsimonia todos los hechos y circunstancias que resolvían, al fin, el sinfín de perplejidades que Chamorro y yo habíamos ido acumulando en los últimos días. A partir de cierto punto, incluso, recobró la presencia y el temple y llegó a exhibir una singular pulcritud. A fuerza de callarlo y de meditar sobre cómo podría eludir sus consecuencias, había perfeccionado un privilegiado conocimiento de aquel desdichado accidente en que se había visto envuelta contra su voluntad y su provecho.

Su Señoría, una vez que hubo descargado su conciencia, consintió en acompañarnos. Me asomé a la ventana y le hice a Perelló señal de que subiera. Quería entregarla a alguien que le inspirase confianza. Después de que Chamorro la ayudara a trepar al todoterreno, la juez se despidió con una última confesión:

—Me alegro de que vinieran. No habría sabido terminar todo esto. Y me fastidiaba, tener que fingir por culpa de ella. No podré reconocerlo más adelante, pero si lo pienso fríamente, no me da ninguna lástima que esa chica muriera. La traté poco y sólo saqué en limpio que era una especie de fiera, salvaje y destructiva.

Recordé mi primera conversación con Regina y la brumosa narración que un borracho llamado Xesc había hecho para mí sobre las andanzas de Eva en la cala.

—¿Algo así como un tigre? —sugerí.

—Algo así como un tigre —me secundó.

Tuve que recurrir al auxilio de Perelló para que Zaplana creyera que mi informe no era el resultado de un abuso de estupefacientes y accediera a disponer un helicóptero para ir a Menorca. Primero hubo que buscar un nuevo juez que tomara las riendas del caso y arbitrara las medidas oportunas, tanto en relación con la juez sustituida como con el resto de los involucrados en el homicidio. Abandonamos la isla de madrugada y nos dirigimos a la casa donde la juez había situado el domicilio veraniego de Raúl. Estaba colgada en una costa escarpada y solitaria que la tramontana azotaba con furia. El capitán que se hallaba al mando de la operación ya la había rodeado discretamente y sólo aguardaba la orden de intervenir. Por las noticias que teníamos, nuestro objetivo no iba armado ni era especialmente peligroso, pero ya estábamos lo bastante escaldados como para permitir que pudiera producirse el más mínimo contratiempo.

Amanecía cuando llamamos a la puerta. Nadie acudió. Repetimos la llamada, igualmente sin resultado. Nos abrimos paso por la fuerza y nos desplegamos por la casa. La cocina estaba llena de cacharros sucios y restos de comida precocinada y había ropa y objetos tirados por todas partes. Llegamos a la terraza a tiempo de ver cómo alguien saltaba la barandilla y descendía por los peñascos hacia el mar. Era un individuo blancuzco con barba de muchos días, ya casi cerrada. Lo único que llevaba encima era una camisa desabrochada y sus propósitos parecían inequívocos. El acantilado hacia el que galopaba tenía una caída de unos sesenta o setenta metros y abajo las olas batían contra las rocas levantando montañas de espuma.

Ganando la carrera a todos, brincando sobre las aristas rocosas como si volara, Chamorro llegó a tiempo de interceptarle. Cayeron los dos al suelo y el hombre comenzó a lanzarle puñetazos que mi ayudante paró con apuros. Tres segundos más tarde se lo habíamos quitado de encima y lográbamos esposarle las manos a la espalda.

—¿Estás bien? —pregunté a Chamorro.

—Salvo algún arañazo, sí.

—¿Dónde aprendiste a correr de esa forma?

—Tratando de ingresar en la academia de oficiales. De algo me tenía que valer el tiempo malgastado.

El detenido apestaba a ginebra y a sudor y vociferaba:

—Dejadme en paz. Os ahorraré el trabajo, hijos de puta.

Zaplana se aproximó a él y le cogió de la barbilla. Se quedó observando sus ojos desencajados, inyectados en sangre.

—Tienes derecho a un abogado y a saber que se te acusa de la muerte de Eva Heydrich, súbdita austriaca —le informó—. Y si no dejas de chillar te voy a arrancar de cuajo esas pelotas tan chicas que tienes.

Raúl enmudeció. El comandante siguió enfrentándole la mirada.

—Y pensar que lo que buscábamos era esto —concluyó—. Un *yuppie* de mierda que no sabe perder.

—Nadie sabe perder, mi comandante —le disculpé.

—Esta chusma es la peor. Desprecian a todos los que tienen polvo en la suela de los zapatos. Pues mírame: yo tengo polvo en los zapatos desde que tengo uso de razón y ahora me cago en ti.

—Déjelo, mi comandante.

—Llevadlo al coche —ordenó—. Y tapadlo antes, que da grima verlo.

La expresión sulfúrica de Zaplana revelaba que, a pesar de todo el talento que pudiera atesorar y de su innegable coraje, nunca sería un buen policía. Lo último que un policía debe hacer, como el lema del Cuerpo sabiamente prescribe, es odiar al delincuente.

A esa misma hora, Andrea y Enzo eran detenidos. Salían del hotel rumbo al aeropuerto. Por poco y a pesar de la imprudencia de unos y de otros, el caso de la muerte de Eva Heydrich quedaba cerrado con el prendimiento de todos los culpables.

Capítulo 19
QUIZÁ SI HUBIERA MEDIDO EL EFECTO

Aparte del informe que redactamos Chamorro y yo y de mi testimonio en el juicio, sólo reconstruí otra vez la íntegra secuencia de los hechos. Fue para el brigada Perelló. Tan pronto como volvimos de Menorca y hubimos liquidado los trámites, lo que nos llevó unas cuantas horas, le encargué a Chamorro que arreglara nuestro regreso a la Península y yo me dirigí en el coche al pueblo. Llegué al puesto cuando ya caía el sol y allí sólo estaban Quintero y Barreiro. El brigada, me dijeron los guardias, estaba en un bar de la plaza al que solía ir a jugar al *truc* todas las tardes.

Le encontré en la mesa con otros tres, de paisano, y me pareció más viejo que de uniforme. Aguardé a que terminara mientras saboreaba un recio pero decente whisky nacional. El brigada, que me había visto, hizo por abreviar la partida sin ofender a sus compañeros de mesa. Luego se reunió conmigo.

—¿Listo? —interrogó.

—Sí. Ahora sí.

—¿Vuelves a Madrid?

—Mañana, en el primer avión que salga. O quizá en el segundo. Antes de marcharme me gustaría hablar con alguien. Pero primero tengo una deuda contigo que no quería irme sin saldar.

—¿Qué deuda es ésa?

—La deuda es contarte por qué detuviste ayer a la juez y agradecerte todas tus orientaciones. No sólo no te equivocaste en una sola que ahora recuerde, sino que gracias a ellas pude encontrar la luz que me hizo falta para arreglar mis desatinos.

—Exageras.

—No exagero. Fue un crimen inútil perpetrado por un cualquiera, como sospechaste. La mataron fuera de la casa, como seguiste creyendo cuando yo ya me había dejado despistar. Y pusieron las huellas de Regina en el arma para incriminarla, como trataste de hacerme ver. Pero no sólo quiero agradecértelo. También quiero pedirte un último favor: que te olvides de los años y los grados que hay entre tú y yo y me hagas el honor de emborracharte conmigo. Tengo remordimientos que lavar y no se me ocurre nadie mejor para que me absuelva.

—Qué remordimientos —me corrigió—. Lo has arreglado tú solo. Los jefes pueden darse con un canto en los dientes. Cualquiera tropieza alguna vez, y desde luego ellos no tienen autoridad para echártelo en cara. Más bien tendrán que felicitarte. Ellos estuvieron perdidos todo el tiempo.

—No es el juicio de los jefes el que me importa. Traicioné mis principios. Eso es lo más imperdonable. Sobre todo por lo que me duele el orgullo. Si no hubiera sido por chiripa, porque el caso le tocó precisamente a esa juez y tuvo que ver a Regina, no habría podido rectificar. Andrea y Enzo se habrían largado, Raúl se habría muerto drogado o en un accidente de tráfico, la juez, mejor o peor, habría enterrado en su memoria el incidente, y habrían procesado a quienes no lo hicieron. Tal y como funciona la justicia, los habrían condenado con un ochenta por ciento de probabilidades. ¿Y sabes lo que más me revienta? No haber sospechado en ningún momento de Enzo, con todas las pistas que tuve. No sólo era a la vez lo bastante fuerte y lo bastante idiota como para colgar a Eva del travesaño.

Hacía pesca submarina. Un lanzador de arpones no es lo mismo que un revólver, pero requiere pulso, y darle a algo tan escurridizo como un pez, puntería. Además, tenía la personalidad justa, y profesaba a Andrea una devoción peligrosa, sobre todo teniendo en cuenta el comportamiento de Andrea. Su aparente mansedumbre era la típica represión de un rencor interior. Esa gente es la que luego es capaz de la mayor brutalidad.

Perelló puso la mano en mi brazo y lo apretó con afecto.

—No puedo emborracharme, Vila —se excusó—. Tengo alto el ácido úrico. Pero puedo tomar un coñac mientras me lo cuentas todo.

Nos sentamos en una mesa apartada. Con mi whisky de refresco en la mano, inicié para el brigada mi resumen. Previamente, le puse en antecedentes sobre la segunda versión de las confesiones de Regina Bolzano y sobre los azares que habían reunido a la juez con Raúl, los dos italianos y Eva Heydrich en la playa. Con esto llegábamos, más o menos, al instante en que Regina estaba apuntando a Eva ante Raúl y la juez, sin atreverse a disparar.

—El que le dio a Regina en la cabeza —proseguí—, no fue otro que Enzo. Se había acercado por detrás y la suiza no había podido oírle porque la arena apagaba el ruido de sus pasos. Traía una barra de hierro del coche, y no dudó en emplearla. El hecho es que también parecía lo más pertinente: que Regina no iba a disparar, sólo lo sabía ella misma. A eso siguió un cierto desorden. Eva corrió a comprobar el estado en que había quedado su anfitriona, la juez y Raúl se quedaron clavados en el sitio, y Andrea y Enzo se inclinaron sobre el cuerpo exánime. El golpe debió de ser fuerte. Regina sangraba y no recobró el conocimiento. Eva se puso nerviosa y le reprochó al italiano su exceso. Andrea terció, intentando apaciguarla. Enzo se encogía de hombros y protestaba asegurando que la próxima vez dejaría que la matasen. La austriaca perdió los estribos y echó a andar sin rumbo. Andrea salió tras ella.

Mientras tanto, Raúl se había acercado y examinaba a la mujer tendida. Sin que nadie lo advirtiera, cogió el revólver. Cuando quisieron percatarse, estaba improvisando torpes malabarismos y apoyándose el cañón en la cabeza. La juez fue quien primero lo vio y dio el aviso. Enzo se quedó quieto y Andrea dudó. Pero Eva estaba menos sosegada. Le insultó y le exigió que cesara en aquella absurda demostración. Raúl debió de sentirse estimulado por aquello. Empezó a fanfarronear, preguntándole a Eva si tenía miedo. Ella le dio la espalda y le gritó que nadie podía tenerle miedo a un colgado baboso. Entonces Raúl decidió hacerse valer. Abrió el tambor del revólver y vació los cartuchos sobre su mano. Como no andaba sobrado de reflejos, esto le llevó algún tiempo, pero por alguna razón, nadie trató de impedírselo. Tiró a la arena todos los cartuchos, menos uno, que volvió a introducir en su alojamiento. Hizo girar el tambor y cerró otra vez el arma. La apoyó en su sien y apretó el gatillo. Todos se quedaron paralizados. No hubo detonación. Eva reclamó que alguien lo desarmara, pero nadie acertó a moverse. Raúl avanzó hacia ella, extendió el brazo y le preguntó si tenía miedo ahora. La austriaca no respondió. El borracho le deseó suerte y apretó el gatillo por segunda vez. Un estampido rasgó la noche y Eva cayó llevándose las manos al cuello. Mientras la herida se retorcía en el suelo, ni la juez ni Andrea dieron en hacer nada. Raúl había dejado caer el arma y abría y cerraba la boca como un retrasado. De pronto, Enzo tomó el control. Tenía el revólver que el otro había soltado en la mano y lo recargaba con los cartuchos que había recogido también de la arena. Apuntó y disparó un solo tiro. Eva Heydrich no se agitó más. Raúl sufrió un ataque de histeria que el italiano abortó de un puñetazo. Ahora, dijo, había que guardar la calma.

—Y se les ocurrió lo de la casa.

—Sí. Principalmente debió ser cosa de Enzo. La juez y Raúl no podían ayudar más que en los aspectos mecánicos. Andrea era más lista y tenía más agallas, pero estaba anulada. Todo había sucedido muy rápido y de un modo inexplicable. Sólo un inconsciente como Enzo podía adaptarse con la velocidad que hacía falta. Los demás obedecieron sus instrucciones y por eso debieron callar después. A fin de cuentas, Raúl no era dueño de sí y no había herido a Eva deliberadamente. No habría salido indemne, pero hasta que Enzo tomó su audaz iniciativa, allí no había habido mucho más que una terrible imprudencia. Quién sabe, el tiro del cuello era malo, pero quizá si la hubieran llevado inmediatamente a un hospital el asunto se habría quedado para Eva en el susto, y a cambio habría sacado una cicatriz de la que hubiera podido presumir.

—Así que consideras que el italiano fue el único asesino.

—Y los demás colaboraron para borrar las huellas. Tampoco demasiado bien. Hicieron desaparecer los casquillos de los dos cartuchos disparados, y otros dos de los no disparados, probablemente los que Enzo había vuelto a meter en el tambor. Pero un turista encontró otro de los cartuchos no utilizados en la arena y peinando esta mañana la playa ha aparecido el sexto. ¿Más fallos? Mientras Enzo impresionaba en el revólver las huellas de la desvanecida Regina Bolzano, alguien habría debido ocuparse de ir a su coche a coger las llaves de la casa. Cuando llegaron al chalet descubrieron que esa diligencia había sido omitida. Imagino que hubo una buena bronca entre aquellos amañadores aficionados, que debió resultar tanto más interesante si se tiene en cuenta el estado de excitación en que lo hicieron todo. Realmente debió sonreírles la fortuna para que ningún vecino advirtiera sus movimientos. Lo que sí borraron a la perfección fueron los rastros de sangre en la arena, y es de notar porque luego en la casa no fueron tan meticulosos y nos permitieron averiguar que Eva no había muerto en el salón. También fue de una gran finura, o cosa de auténtica suerte, calcular que el cadáver sería hallado antes de que la basura, con el revólver dentro, fuera recogida. Porque sacaron la bolsa al cubo. Es verdad que dejarla dentro de la casa habría sido poco verosímil, pero no termino de descifrar las cábalas que hicieran al respecto. Acaso sea sólo una muestra de retorcimiento o que cambiaron de idea y no haya que preocuparse demasiado. En cuanto al traslado del cuerpo, lo hicieron entre Enzo y Raúl, a quien la tragedia y el puñetazo del italiano debieron de sacudir de su embriaguez. Entre los dos pudieron pasar sin mucho sufrimiento a Eva por la ventana y colgarla del travesaño. La cuerda la llevaba Raúl en su coche, así que no descarto que la idea partiera de él. Pero en definitiva fue refrendada por el que mandaba, o sea, Enzo. Cuando se hable más despacio con los dos acaso sepamos qué pretendían exactamente con eso, que fue su gran error. No lo habían pensado desde el principio, sino que lo decidieron cuando ya estaban dentro de la casa, y debieron echar un rato en urdirlo. Desde que murió hasta que la colgaron, transcurrieron las tres horas que permitieron al forense certificar que Eva no había fallecido suspendida de la cuerda. Por lo que dice la juez, trataban de aparentar alguna ceremonia sádica, lo que tal vez la policía encajara sin mucha discusión con el carácter y las andanzas de Eva. Sencillamente, no pensaron que antes que amontonar posibles alternativas habrían debido elegir una única versión coherente que animara su escenificación. Inculpar a Regina y a un sádico forzudo a la vez sólo podía inducir a quien lo investigara a juntar las dos cosas y acaso no acertar a combinarlas. Ellos no podían contar con que existiera Lucas y con que nosotros nos apresuráramos a utilizarle para darle sentido a aquel revoltijo. Es cierto que Andrea y Enzo le conocían, pero no tenían idea de su conexión con Regina y mucho menos del plan del padre de Eva. Cuando los llamaron a declarar cargaron las tintas contra Lucas por lo que pudiera servir para alejar de ellos las sospechas y también ganar el tiempo que necesitaban para escapar.

—¿Y cómo es que se quedaron tanto tiempo después del crimen?

—Intentaron irse. La explicación de por qué no lo hicieron es tan simple como contundente. En agosto, tratar de coger plaza en un vuelo a o desde Mallorca, sin tenerla reservada un mes antes, es prácticamente imposible. Obligados a quedarse, procuraron hacer una vida lo más normal posible y mezclarse con otra gente. Así los conocimos Chamorro y yo.

Perelló meneó la cabeza.

—Lo grande es que, encima de no irse, hablaran de la difunta.

—Eso puede tener su motivo, si no su justificación. Primero, ni Chamorro ni yo sacamos el tema de forma que pudiera hacerles recelar. Segundo, está la psicología de los dos, sobre todo la de Enzo. Será digno de leer lo que escriba el psiquiatra cuando lo examine. Andrea fue más precavida y sólo cantó después de que lo hubiera hecho él. En cualquier caso, Eva no sólo dejaba una huella intensa en quienes la trataban. Era a medias una aventura y a medias una calamidad. Si se fija, lo que más le gusta a cualquiera exhibir ante otros son las aventuras, ciertas o fantásticas, y las calamidades. El afán de impresionar en una conversación es uno de los peores enemigos que tiene el ser humano y una de las causas más frecuentes de sus reveses. Ninguno de los que estuvieron mezclados con Eva, independientemente del carácter de cada uno y de lo mucho, poco o nada que le conviniera, dejó de contarlo cuando se le dio pie. Para la gente de la playa las extravagancias de Eva eran el acontecimiento del verano. Para muchos de los demás, el de su vida. Quizá si hubiera medido el efecto que lo que ella hacía sin darle trascendencia provocaba en los demás, habría estado en mejor posición para impedir lo que terminó pasándole.

El brigada tomó un sorbo de su copa. Lo hacía aproximadamente a intervalos de quince minutos y saboreaba el coñac, también nacional, por supuesto, como si fuera uno francés de quince años.

—Da la impresión de que la culpas —dijo.

—El de la culpa es un problema espinoso. Supongo que no hay nada que nos suceda que no hayamos merecido un poco. Piense en Eva. Podría haber prescindido de Raúl. Juraría que ni siquiera se divirtió con él. Ahora estaría viva y a lo mejor con alguien que sí la divirtiera. Pero por otra parte no hay nada que uno pueda evitar completamente. Eva no hizo nada para ganarse el odio de Enzo, o no lo hizo conscientemente. Y Enzo fue al final el ejecutor de su destino.

—Después de oírlo todo, Vila —juzgó Perelló—, entiendo menos que antes que te tortures. Era un acertijo endemoniado. Sólo hay un par de casualidades, pero sin ellas no había cristiano que pudiera descifrarlo. La pista de Lucas y la suiza era la que habría seguido cualquiera. Sobre todo después de cómo reaccionaron cuando los cogimos.

—¿Y cómo iban a reaccionar? Les acusaban exactamente de lo que habían planeado, hacía días que habían roto cualquier contacto y no podían saber qué había confesado ni, sobre todo, qué había hecho el otro. Quizá Lucas perdió indebidamente los estribos cuando vio a Candela sentada en la misma mesa que Andrea en Abracadabra. Pero tampoco es inexplicable. Cuando se enteraron de la muerte de Eva, comprendieron, o mejor dicho, lo comprendió Lucas, que debían extremar el cuidado en esconder las relaciones que habían mantenido con la víctima. Candela cumplió menos, pero él sólo tuvo dos descuidos, que yo sepa: ser demasiado locuaz con Xesc y consentir en acompañar a Chamorro al puerto deportivo y a Abracadabra. Lo primero tampoco me consta que fuera un desliz demasiado grave. No estoy seguro de que la confidencia no se la hiciera antes de que Eva muriera, y aunque en ese caso, y a la vista de sus negocios con Regina, también le habría valido más morderse la lengua, no era lo mismo que con un cadáver encima de la mesa. Fue la rabia por el segundo fallo, avivada por el hecho de ver allí a Candela, lo que le desarboló. Andrea era testigo de su trato con Eva. Qué pudiera hacer o suponer la italiana, lo ignoraba, pero eso ya era demasiado. Creo que si no hubiera sido por esa circunstancia nunca me habría golpeado, ni aun después de provocarle. Es más, creo que no me habría dado ni siquiera la ocasión de que le provocara.

—¿Y la suiza?

—Su conducta fue relativamente lógica. Qué ganaba con llamar a la policía y asistir a las investigaciones. Había tratado con un matón local para procurar ese mismo desenlace y no le constaba quién había disparado contra Eva. Podía haber sido el mismo Lucas, que había sucumbido sentimentalmente ante la muerta, pero lo último que podía hacer era acusarle a él, porque tarde o temprano saldría lo de sus maquinaciones y eso era tanto como atarse una piedra al pescuezo. Podía intuir que el asesino, Lucas u otro, era el mismo que la había dejado sin sentido y le había robado la pistola, pero no le había visto. Sólo había visto a dos personas a las que no conocía y a las que no podía identificar bien. Estaba en una situación tan precaria que cuando la pillamos y se vio obligada a construir alguna historia se metió en un túnel cegado. Sólo pudo barajar un trozo inofensivo de la verdad con todas las mentiras que hacían falta para ocultar sus relaciones con el padre de Eva y con el legionario. Bastante hizo con mantener la serenidad y no traicionarse de forma demasiado ostensible. Así y todo, hay que admitir que tuvo un rasgo de genialidad: disparó al aire cuando le hablé de Andrea, y ni ella ni yo nos enteramos de que había dado en el blanco.

—Desde luego, esa mujer no es lo que cualquiera habría pensado cuando esto pasaba por ser el arrebato de una amante despechada —evocó Perelló—. A pesar de todo, si se me pide opinión, sigo creyendo que el padre de la chica no anduvo muy listo utilizándola como agente.

—No he visto a Klaus Heydrich. Si tengo que atenerme a lo que Regina confesó, tampoco lo organizó mal.

Vino a cerciorarse personalmente de que todo estaría en manos solventes. Le dio el contacto y urdió algo que debería recomendar cualquier manual de técnica criminal: hacer el trabajo lejos de donde radicaba el interés que lo exigía. Regina estuvo a la altura hasta que tuvo que asumir un papel que no se le había encomendado y para el que no estaba preparada. Hasta ahí, sirvió a los propósitos del austriaco, posiblemente contra su más íntimo deseo. Si el asesinato se hubiera producido tal y como había sido diseñado, estoy convencido de que Regina habría aparecido como una competente mujer destrozada ajena a todo, y habría salido del país sin dificultades. Quizá el mismo Zaplana, tragándose su antipatía por la vida irregular de la suiza, la habría acompañado a la escalerilla del avión y le habría expresado su condolencia y su pesar por no tener todavía una pista fiable de quién era el responsable del trágico suceso. Y mientras tanto, Klaus tan ancho en Viena, heredando.

—Así ha salido, al final —señaló Perelló, con sorna.

—Pues puede que sí. Aunque no hay duda de que cabe imputarle una conspiración para el asesinato. Si al final no fue esta conspiración la que acabó con su hija, no fue desde luego porque él desistiera. Sí desistieron Lucas y Regina, y eso les salvará el pellejo. Pero Klaus no.

—Y salvará el pellejo igual —pronosticó el brigada.

—No apostaré. Con una frontera de por medio, por mucha Unión Europea que haya, y habiendo caído quien en definitiva lo hizo, nada me parece más improbable que verle ante un tribunal. Si la Historia es el registro de antecedentes penales de los criminales que quedaron impunes, como dijo no sé quién, el bueno de Klaus ha pasado a la Historia. Por mucho que uno quiera engañarse, el mundo no es de los que se lo sudan, sino de los que gozan del favor de la ruleta.

Acompañé al brigada hasta su casa. Él no llevaba en el estómago más que su ceremonioso coñac, pero yo notaba en las profundidades del pecho el redoble debido a una cantidad inmoderada de agua de fuego. Antes de separarnos, Perelló, sin censurarme, hizo no obstante la comprobación que su talante riguroso le dictaba que tenía que hacer:

—¿Podrás subirte al coche y llegar a Palma? Si no, te ofrezco una cama.

—Ya me he beneficiado demasiado de tu amabilidad, mi brigada. Iré despacio. Espero que la próxima vez que maten a alguien por aquí no te hayas jubilado.

—Yo espero jubilarme antes. No comprendo bien a la gente que hay ahora. La verdad es que no te arriendo la ganancia, sargento. Cuídate.

A la luz de la farola brillaban la frente ancha y los cabellos muy estirados hacia atrás. Lo dejé allí, despidiéndome con el continente suave y rotundo, ya para siempre irrecuperable, de los hombres de una pieza.

Capítulo 20
EL LEJANO PAÍS DE LOS ESTANQUES

Llegué a Palma bastante más despejado de lo que había salido del pueblo. Contribuyó el aire que entraba por la ventanilla del coche, que con aquel cambio de tiempo que anticipaba la cercanía del otoño era fresco y tonificante. En la comandancia, Chamorro me aguardaba con impaciencia.

—Temía que hubieras tenido un accidente —me regañó.

—Te agradezco la preocupación. Estaba rematando un fleco moral. Nada a lo que deba atribuirse ninguna importancia, en los tiempos que corren. ¿Hay alguna novedad?

—El juez ha tomado declaración a todos. Confirman la versión de la juez, sin apenas variaciones. Mañana tomarán medidas. La juez saldrá con fianza, y puede que Andrea también, aunque en ese caso le retirarán el pasaporte.

—¿Y los otros?

—¿Quiénes? ¿Enzo y Raúl?

—No. Regina y la pareja.

—Los pondrán en libertad mañana. Y si se comprometen a colaborar y no enredar, seguramente sin cargos.

—No creo que les queden ganas de remover. Eso nos salva, Virginia. ¿Has arreglado el viaje?

—Sí. También tengo que comunicarte que has tenido una llamada, o más bien varias, pero de la misma persona: el comandante Pereira. La última a eso de las diez. Se iba a casa. Me ha costado un poco cubrirte.

—No te apures. Le llamaré ahora a su casa, para que se joda.

Marqué el número de Pereira y al otro lado de la línea me salió una voz de niña. Nunca me había parado a pensar que Pereira tenía hijos. Me lo figuré rascándole la barriguita a la criatura que había cogido el aparato y le pregunté a ella por su papá. Mi infantil interlocutora solicitó conocer mi identidad y se la facilité recurriendo a la abreviatura de mi apellido, que en condiciones normales no debía plantear problemas de pronunciación a una niña de tres años. Al cabo de unos segundos, irrumpió Pereira:

—¿A qué andas jugando, Vila?

—A lo que me encargó, mi comandante. Dentro de lo que cabe.

—Zaplana me lo ha contado todo. Un poco más movido de lo que parecía. ¿Por qué no me has llamado tú para informarme?

—Lo pensaba hacer, mi comandante. He estado bastante ocupado.

—Ya hablaremos más despacio. Por lo pronto te transmito la felicitación del coronel y la mía propia. Has dejado alto el pabellón. ¿Y Chamorro?

—Me avergüenza haber tratado de evitarla. Es la mejor.

—Vaya, tanto.

—Puede confiarle lo que quiera. Reventará antes que flaquear. Por lo pronto, esta oportunidad la ha aprovechado con creces.

—Quiero un informe detallado. Hemos recibido una especie de indicación oficiosa desde el Ministerio. Hay que promocionar a las mujeres que valgan. Si no puedes vencer al enemigo, únete a él.

—Creía que estábamos todos del mismo lado, o sea, del correcto.

—No me fastidies, Vila. Buenas noches.

Me reuní con Chamorro.

—¿Y? —indagó.

—Y nada, como siempre. Bueno, puede que te asciendan. Escribiré lo mejor que sepa para que así sea. Luego queda al capricho de Pereira y de los astros. No puedo prometerte nada. Pero por si acaso vamos a celebrarlo. Tengo el estómago vacío.

Chamorro reflejó cuánto la abrumaba mi reconocimiento ruborizándose, como de costumbre. Débilmente, alegó:

—Da gafe celebrar las cosas antes de tiempo.

—No ahora. Deberíamos comprar lotería, Chamorro. Estamos en racha. Ha podido haber una catástrofe.

Fuimos a cenar, y eso fue toda la celebración. Aunque me dio la impresión de que Chamorro me habría aceptado una invitación para ir de copas, esta vez de veras, y no por exigencias del servicio, me abstuve. Por un lado, ya había bebido bastante aquella noche. Por otro, el enanito fanático que a veces se hace notar en el fondo de mi alma, dondequiera que la guarde, consideraba una especie de infamia que me prevaliera de la presumible actitud favorable de Chamorro, tras haberle anunciado el ascenso o su simple posibilidad. Y era una puñeta, lo del fanático, porque sería por el alcohol, pero Chamorro estaba tan guapa como Veronica Lake en la escena de la piscina de *Los viajes de Sullivan*. No sé si ya he apuntado que a mí me rinde Veronica Lake.

La dejé en su habitación del pabellón y le deseé castamente que pasara una buena noche. Chamorro se vio obligada a tener alguna delicadeza.

—Me costará volver a llamarte mi sargento —declaró.

—Te arrestaré cuando no lo hagas, para que no te cueste. Gracias por todo, Chamorro. Sin ti no hubiera sido igual. Ahora la vida sigue, que es lo que pasa siempre. El avión sale a las once y media. Nos vemos abajo a las diez en punto.

Chamorro ascendió a guardia de primera, superados los farragosos obstáculos que impone la burocracia del Cuerpo, y no siempre en adelante me llamó mi sargento. Pero eso no es algo que proceda recoger aquí, sino en otro lugar, suponiendo que merezca la pena que sea recogido.

Aunque esa noche podía haber dormido casi siete horas, opté por levantarme temprano. A las siete y media estaba en la prisión provincial. Tras unas gestiones con los funcionarios, confirmé que Regina Bolzano salía libre a las ocho. Le pedí al funcionario que retuviera media hora a Candela y a Lucas. Ya puestos, mejor hacer la pifia completa. Por diversas razones, no quería volver a encontrarme con ellos.

Nadie esperaba a Regina Bolzano cuando salió de la cárcel, aparte de mí, y aquél pudo ser un motivo para hacerlo. A la suiza se la veía demacrada, indefensa. Había perdido cuatro o cinco kilos desde la primera vez que la había interrogado. Avanzaba encogida en un atuendo que no era el de dentro de la prisión pero transmitía idéntica sensación de grisura y desamparo. Me acerqué y me ofrecí a llevarle la bolsa.

—Señora Bolzano. He venido a presentarle mis excusas.

Regina me miró como si no hubiera entendido. Luego hizo ademán de apretar la bolsa contra sí y acabó tendiéndomela.

—Tengo un coche ahí —y lo señalé—. Si me dice dónde va y me permite, sería para mí un placer llevarla.

—¿Por qué?

—Soy un hombre anticuado, señora. Estoy en deuda con usted.

—Me está tomando el pelo.

—En absoluto.

—Vuelvo al apartamento donde me detuvieron. Está pagado todavía diez días. Hasta que encuentre un vuelo para regresar a Milán.

—Necesitaré que me guíe al final. No creo que pueda llegar solo.

—Es muy amable.

—Cumplo con mi deber.

Mientras atravesábamos la ciudad, Regina me vigilaba de reojo. Al cabo de cinco o diez minutos, rompió el silencio.

—Cuando me comunicaron que iban a soltarme —dijo, despacio—, y hace un momento, cuando me he visto ahí sola a la puerta de la cárcel, creí que todos me despreciaban. Casi era mejor cuando me acusaban de haber matado a la pobre Eva.

—Yo no soy nadie para despreciarla. Nadie lo es. Usted podría despreciarnos a todos.

—No puedo creer que hable en serio. Pagué a un hombre para que lo hiciera. Tengo de qué arrepentirme, y ustedes tenían toda la razón del mundo para detenerme.

—Se equivoca. No puedo juzgarla, señora Bolzano. Cuando tuvo a Eva Heydrich a tiro y decidió no apretar el gatillo me quitó cualquier razón que hubiera podido tener. Si las apariencias eran oscuras, era mi problema. Me pagan por ver en la oscuridad.

—Oiga, ¿de verdad que todo esto no es una broma?

—No es ninguna broma. Procuro respetar lo que hago porque procuro respetarme a mí mismo. Así que tengo cuidado, y cuando me escurro, lo compenso. En este caso, me gustaría convencerla de algo que quizá le cueste admitir por sí sola.

—¿De qué quiere convencerme?

—De que está limpia. Alguien se apiadó de su falta y disuadió a Lucas. Luego usted se probó que no era una asesina. Lo que vino después fue una desgracia estúpida, nada más.

La mujer me observó con aprensión.

—¿Es usted un predicador o algo semejante?

—Ni remotamente. Pero cuando uno trabaja averiguando cómo la gente mata a otra gente tiene que forzarse a alguna gimnasia mental para no acabar con el corazón de piedra. Mi gimnasia es reducir lo que me tropiezo a una secuencia generosa y razonable. Y en mi secuencia razonable y generosa usted no le hizo daño a nadie. Más bien al revés.

—No estoy segura de comprenderle.

—Da igual.

—Pero me parece que es un buen hombre.

—En algunos salones de sociedad eso es una injuria.

—No pretendía que sonara así. Me ha echado una mano cuando no esperaba una mano de nadie. Gracias.

—No hay de qué.

Mientras enfilaba la carretera, volvimos a quedar en silencio. El nuevo día era nuboso, como el anterior. Me dije que siempre que concluye un verano se nos muere un pedazo del niño que uno ha sido. Un verano cualquiera no quedan pedazos y es uno mismo el que se muere. Para ahuyentar estas meditaciones capitales, que son las que por lo común deterioran mi capacidad de seducir a quienes me rodean, esta vez fui yo quien habló:

—Me preguntaba si podría consultarle una curiosidad.

—Cómo podría negarme.

—¿Cómo se llamaba la madre de Eva?

—Frieda.

—¿Y cómo era?

—Opuesta a su hija. La dulzura en persona.

—¿Qué edad tenía Eva cuando murió?

—Diez años. ¿Trata de psicoanalizar a la víctima?

—No, por Dios —me sublevé—. Es sólo el prurito de completar la historia. Después de todo, eso es lo que queda, un puñado de historias, mejores o peores. Nada más. No creo que tome en serio la opinión de un guardia al respecto, pero a mi juicio, Freud tiene un defecto insubsanable: era demasiado promiscuo, epistemológicamente hablando.

Regina soltó una carcajada, que dicho sea de paso, era quizá lo que buscaba mi comentario.

—¿Todos los guardias han leído a Freud, en este país?
—Algunos no. Eso es lo que nos diferencia de los argentinos.
—Ahora lo cojo. Es usted un sarcástico.
—No lo crea. Es un truco para disimular la timidez. También sirve para disimular la ignorancia y la mala conciencia, llegado el caso.
Durante el resto del trayecto, ya relajada después de su expansión, Regina Bolzano me dio muestras de que era una conversadora ágil e ingeniosa. A menudo uno toma a las personas por la forma en que las fuerzan a comportarse las circunstancias. Celebré no tener que guardar de aquella mujer sólo el recuerdo menesteroso de la sospechosa trémula o la mísera excarcelada. La dejé en la puerta de su bloque de apartamentos.
—Suerte, señora Bolzano.
—Igualmente, sargento. Su gentileza ha sido lo único que no me dolerá de todo esto.
—Sea indulgente consigo misma. Adiós.
—Aguarde.
Regina se inclinó sobre su bolsa. La abrió, la revolvió y al cabo de unos segundos de búsqueda sacó un papel doblado en cuatro trozos. Me lo dio.
—No sé por qué lo escribí. Iba a tirarlo. Puede que le valga para completar la historia.
Lo cogí y me lo guardé. No lo leí hasta un par de horas más tarde, cuando volábamos hacia Madrid. Estaba escrito con una letra menuda y disciplinada, casi en toda la extensión de la cuartilla. El idioma era italiano, con alguna inserción en alemán. Es un texto barroco, que creo que es lo que conviene decir cuando algo cuesta captarlo a la primera y uno quiere suscitar la complicidad del auditorio. A pesar del esfuerzo y de la sangre de los antepasados que presuntamente corre por mis venas, ésta es la mejor traducción que he podido lograr:

Meine geliebte *Eva:*

Ahora que todo está perdido, siento de pronto que he conseguido la paz. La paz que me estuvo prohibida mientras tú todavía seguías entre nosotros, valiéndote de tu belleza infinita para humillarnos. No me retracto del homenaje que hasta el final, y hasta donde tu avaricia de ti me dejó, tributé a esa belleza. Lo hice con todo mi corazón y sé que era lo único justo. Yo también fui bella un día, antes de corromperme, y puedo afirmar como tú no pudiste que la belleza del cuerpo es, mientras dura, el signo con que los dioses enaltecen fugazmente a los hombres. No es posible no querer a los dioses y no era posible no quererte, hasta el dolor, hasta la vergüenza, incluso hasta el crimen.

Es verdad que no ha sido mi mano la que ha acabado contigo y que no pensé que tu muerte pudiera liberarme cuando presté mi conformidad a quien me propuso tu sacrificio. Pero ahora que te has ido siento la fuerza del primer humano que se sacudió el yugo, no el que robó el fuego de los dioses, sino el que lo negó. Negada has sido con la fuerza bárbara de tu muerte, y sin haberlo ganado, ahora yo soy libre. Nunca habría podido predecir cómo sería. Der Zeit, ihre Freiheit. *La libertad es que ya no pueda dolerme tu deslealtad, que ya no me rebaje tu asco, que ya no me restriegues con el esplendor de tu desnudez la podredumbre nostálgica de la mía. La libertad es estar sola con mi decadencia, tolerarla, hasta irle cogiendo un cauteloso aprecio.*

En un día lejano, cuando te cruzaste en mi camino, concebí sobre nosotras esperanzas bondadosas y descabelladas. Había pasado mi vida representando ante mi vanidad el teatro de aceptar la cruel brevedad de las pasiones, profesándole al matrimonio y los demás consuelos al uso una altiva repugnancia. No prolongar el esfuerzo más allá de lo que alentaba el deseo había sido sencillo mientras conservaba alguna confianza en mi capacidad de provocar el deseo ajeno. Cuando te conocí, esa capacidad había desaparecido y tenía que reemplazarla con costosas elaboraciones de la experiencia. Era el momento del miedo y por tanto de la ingenuidad. Necesitaba amarrar la nave a un puerto, pero no había perdido la ambición. Qué mejor roca que la que asomaba en la abierta ensenada de tu isla magnífica. Y osé ofrecerte ese trato ridículo, como si estuviera regalando algo. Gracias a ti, Eva, enfrenté por primera vez en mi vida la verdad, cara a cara. La verdad que os hará esclavos.

Ahora tú eres polvo y yo soy quien te recuerda. Siempre hay algo trágico en el sino de los mejores. Uno debería alegrarse de ser mediocre, o mejor, vil. La vileza no despierta el recelo de los dioses ni llama a su venganza. He querido creer, en los instantes de culpa, que eras afortunada y que te habías sustraído para siempre de la bajeza de este mundo. Pero no es así. Ya no eres nada. Tu belleza se ha consumido en una tragedia vertiginosa y sórdida. Mi tragedia tiene la ventaja de la lentitud. No hay que hacer caso a todos los imbéciles que propugnan, como la más elevada piedad, la abreviación del padecimiento. Quiero padecer tan largamente como sea posible, y sólo suplico que de aquí en adelante la intensidad del padecimiento progrese sin demasiadas brusquedades, de manera que pueda habituarme y hacer a su medida mis ilusiones.

Aquí me despido, meine Liebe. *Guardaré tus huellas, honraré tu desdicha y te consagraré mis plegarias. Mi plegaria. Sólo me atrevo a desear, después de apartar todo lo que a lo largo de los años ha estorbado mi discernimiento, que la misma paz que a mí ahora me conforta sea por siempre contigo.*

Immer deine

Regina

Gracias a esta carta constaté que mis caritativos desvelos con la suiza habían sido innecesarios, y en realidad no me desagradó constatarlo. Doblé el papel, apoyé la cabeza en el asiento y sonreí. Me malicié que Chamorro se preguntaba por qué estaría sonriendo, pero rehusé introducirla en aquella tenebrosa jungla de equilibrios frágiles.

Después de todo, y principalmente después de comprobar que la mismísima Regina la había abandonado, tuve la debilidad de experimentar una póstuma compasión por Eva Heydrich. Sin condescendencia, con más afecto que piedad. Nadie es tan malvado que ninguna persona deba quererle. Viendo cómo todos desertaban, me entró un ansia conmovida de hacerle compañía. Siempre sucede igual, y cuesta admitir que sea irremediable. Tarde o temprano se secan las lágrimas, se da media vuelta y se piensa en lo que habrá que hacer de cena. Nadie da de cenar a los muertos.

Algunos meses después viajé a Viena, para otros asuntos. Sin embargo, no resistí la tentación de buscar a Klaus Heydrich en la guía de teléfonos. Encontré el teléfono de su domicilio particular y el del que ahora era su grupo de empresas. Incluso fui a la oficina y mantuve un accidentado coloquio con la recepcionista, una chica pálida de cabellos negros que me produjo turbadoras evocaciones. Luego he dado en deducir que el tipo de mujer no era insólito allí, y que quizá hundía su origen en los judíos de la ciudad. Hablando con ella, se enfrió mi resolución. A fin de cuentas, de qué podía servir nada de lo que Heydrich pudiera decirme o yo pudiera decirle a él. Eva estaba muerta y él tenía un negocio que atender, legítimamente adquirido de acuerdo con las leyes de una nación civilizada.

En Viena, cerca de un falso templo gótico, hay un parquecillo en el que se alza un monumento a Sigmund Freud. A pesar de nuestras discrepancias, consideré apropiado ir a visitarlo. Si no lo estoy mezclando, en ese mismo parque hay una pequeña pileta, poco profunda, sobre cuya quieta superficie flotan los nenúfares. Estuve un largo rato sentado junto a ella, tratando de imaginar el lado melancólico de Eva Heydrich, que acaso nadie, excepto Regina, que había preferido olvidarlo, había atisbado nunca. Era primavera, y las golondrinas, al pasar, se mojaban las puntas de las alas en las aguas oscuras del lejano país de los estanques.

Getafe-Madrid, 22 de agosto - 25 de septiembre de 1995

ÍNDICE